文 學 叢 書　166　**自己的空間：我的觀影自傳**

李歐梵◎著

獻給與我重溫電影舊夢的老婆
———————— 子玉 ————————

也獻給與我共度中學歲月的幾位老同學

Abbor・田雞・老潘・小蕭・鏈子

公雞・小白狗・油條・麵條……

目次

輯二 影評重拾

附錄

自己的空間：我的觀影自傳

❶

有幾年我幾乎每天都看電影，有時甚至一天看兩場，那時候電影就是我的世界，一個與我的四周生活完全不同的世界，我覺得在銀幕上看到的世界更有分量、更充實、更必須、更完美，而銀幕以外的世界卻只是零散的東西隨便混一起——我的生活的材料，毫無形式可言。

這段話是義大利名作家卡爾維諾（Italo Calvino）寫的，引自描述他幼年看電影經驗的一篇文章〈一個電影觀眾的自傳〉。

文章中所說的那個時候——一九三六年至一九三九年歐戰爆發前——他也不過是一個十三四歲的初中學生，和我在台灣新竹中學時一樣。或者應該說，當我開始看電影的時候——時當五○年代初期——我的感受也和他完全一樣。我雖不是每天都看電影，但每逢週末——禮拜六到禮拜天——我必會消磨在電影院

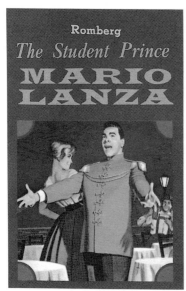

《學生王子》電影原聲帶

裡，一天連看兩三場更是常事。

那時候台灣新竹有四家電影院，可能比卡爾維諾幼時生活的義大利小城中的影院還多。我記得最有名，也是我最常光顧的一家叫做「國民大戲院」，如今仍然「健在」，不過，卻成了電影博物館。三年前我到新竹去旅遊，承蒙清華大學的一位教授安排，去參觀這家老影院兼博物館。下午三時許抵達門口，館長早已在等候了，我們這幾個人——我的妻子子玉還有兩三個朋友——隨著他進去，拾級而上。到了戲院的二樓，看到幾排坐椅，似曾相識，館長不慌不忙地請我坐下，我也不知不覺地坐在第二排中間。燈光熄滅了，全場——也只有我們幾個人——鴉雀無聲，銀幕上映出《學生王子》（*The Student Prince*）的英文字幕，主角名

字我至今還記得是 Edmund Purdon（台譯艾德蒙‧普登），Ann
Blyth（台譯安‧白蘭絲，港譯安‧白麗芙），幕後主唱的當然是
令我魂牽夢縈，餘音繞梁不下半個世紀的馬里奧‧蘭沙（Mario
Lanza）。

　　銀幕上突然傳來蘭沙的嘹亮歌聲，表情豐富，備極動人（雖
然在「前台」演學生王子的是艾德蒙‧普登，因為那時候蘭沙已
經長得太痴肥了），一首接一首，從〈夏天在海德堡〉、〈飲酒歌〉
到〈摯愛的〉和〈我隨主行〉。我邊聽邊默默地跟著唱，心中湧
出熟悉的英文歌詞，不覺眼淚也隨著湧出來了。第一次看這部影
片，竟是整整五十年前的事！館長好心為我連夜把舊片的 VCD
翻錄成影帶，再細心選段剪接，把那幾首我心愛的歌曲和歌唱場

面連成一部小電影，使我在那半個鐘頭可以舊夢重溫。回顧我的少年和青年，發現最值得回憶的就是這些「斷片」。

卡爾維諾說：他幼年看電影，有時看下午四五點鐘的那一場，進影院時還是大白天，看完出場時已經是華燈初上的傍晚了，外面的世界由白到黑，和銀幕上的黑白影片恰成對照。我的感受也相仿，那天下午走進國民大戲院，外面也是驕陽如炙，但銀幕上的舊片色彩有點黯淡褪色了，半個多鐘頭後走出院外，陽光依然燦爛，路上車水馬龍，行人也如織，而且個個朝氣蓬勃，人人都看來比我年輕！這個場景是真是假？我一時也糊塗了，似乎時間早已靜止，我還活在半個世紀前做中學生的時代，和銀幕的那個學生王子相「唱」和。那半個鐘頭，對我來說，既是一刹那，又像是永恒。

這就是電影的魅力：它把時間和空間的限格都打破了，讓我分不清影片中的世界和現實的世界、當年的回憶和現今的感受。然而我記得很清楚：在那個匱乏的時代，我唯一的心靈空間——也是可以逃離現實生活的避難所——就是電影院。我甚至願意逃課去看電影（記得我在一個週一下午去看的一場電影名叫《自由萬歲》），就是因為我只有在電影院裡才能遠離家庭、學校、社會，甚至民族、國家、政府，得以享受個人充分的自由，失落在另一個更豐富也更完美的世界中。

❷

那個時候我看的大多是好萊塢出產的美國電影。歐洲藝術片

還是二十世紀六○年代初到美國留學時看的。美國片以「類型」（genre）取勝：古裝片、西部片、警匪片、戰爭片、歌舞片、喜劇片，還有文藝片。我父母學音樂出身，又是音樂教育家，所以每逢有古典音樂為主要內容的影片——如《歌王卡羅素》（*The Great Carnso*）、《一曲難忘》（*A Song to Remember*），甚至《學生王子》——必全家闔第前往觀賞，甚至我看後想再看，父母也願意掏錢。（後來我可以在報紙上寫影評文章，賺了些許稿費，夠錢看電影了。）這在那個時代尚不多見，所以養成了我重看的習慣。就以《學生王子》為例：第一次是全家一起到國民大戲院看的，後來我又自己去看了幾場。在自己重看的時候，就可以像卡爾維諾所敘述的一樣耍花招了。當年看電影可以隨時進場，先看後半部或結尾，再看第二場的開頭，但前一場完畢休息的時候，管理員也不清場，所以我可以連看下去。即便是巨片登台，觀眾太多而需要清場時，我照樣可以躲到廁所不出來，然後再混入第二場入座的觀眾中，反正總可以渾水摸魚找到空位的。但對我最珍貴的還是當影片連演數天、觀眾漸稀的夜晚，我可以在空曠的影院中真正享受自我的空間，坐在樓上後排，沒有人打擾，也不理前排卿卿我我的對對情侶（或者說只有羨慕的分兒，遂把「幻想」轉移到銀幕上），兀自消失在黑暗的空寂中，靜聽台上蘭沙的高歌：「我的摯愛，我全心全意地愛你，我每一口氣都在祈禱，有一天你將是我的……」甚至我已擁有了這段歌聲，因為早已聽了五六遍，我也早已擁有了那分孤獨，更覺得和銀幕上的世界混為一體，好像真的到了德國的海德堡，隨著學生王子邊喝啤酒邊唱〈飲酒歌〉！

當年新竹的四家電影院並不華麗，但對我而言卻個個像是皇宮。那個時代的美國大城市倒真有備極豪華的「影宮」（movie palaces），二十世紀三〇年代的上海也有，六、七〇年代的香港亦是如此。不像現在的多間式影室，同時放映十幾部影片，有時連名字也搞不清楚！試問在這種新環境中看《羅馬假期》（*Roman Holiday*，港譯《金枝玉葉》），還能夠感受到影片結尾時的那段「餘情」嗎？奧黛麗·赫本飾演的公主召開的記者招待會結束了，頓時大廳中人去樓空，只剩下那位和她有一夜情的葛雷哥萊·畢克一個人。鏡頭從他的面部特寫轉到中鏡和長鏡，他轉過身來踽踽離開，那「行板」（andante）式的一滴一答的皮鞋

《羅馬假期》

聲，從空蕩的黑暗戲院中傳到我的耳際，也使我徘徊良久，不忍離開。但是影院的燈亮了，我才發現自己是最後離場的觀眾，那段「離愁」，又豈是筆墨所能形容？

這就是我觀影的興趣。電影陪伴著我成長，它是我的初戀——我至今還懷念銀幕上的赫本和葛麗絲·凱莉（Grace Kelly，我對她最初印象甚深的卻是一部不見經傳的影片——*Green Fire*，中文譯名為《碧玉青山》，赫本也主演了一部《綠廈》（*Green Mansions*）。電影也是我的課外教本和「新知」的來源：從古裝片中得悉英國歷史，第一次知道「獅心王」李察是何許人，也才知道羅賓漢原來不是中國英雄而是英國大盜。我甚至還從半懂不

葛麗絲·凱莉主演的《捉賊記》

懂的對話和歌詞中試著學英文，竟然走火入魔，連英文電影海報也照背如流。幾年下來，不但對明星如數家珍，連導演也記得一兩百個！什麼 Merryn LeRoy, Richard Thorpe, Henry Hathavay, Henry King, Henry Koster, Michael Curtiz, Howard Hawks, George Sidney, Charles Vidor, Charles Walters ……這些名字，有的至今早已默默無聞，但也有的被電影理論家重新發現，奉為「作家」和大師（如 Howard Hawks）。

記得美國的名影評家 Pauline Kael 寫過的一本影評集 *I Lost It at the Movies*。書出版後不少人議論紛紛，到底書名中的「It」指的是什麼？如果我用同一個書名的話，意旨就很清楚——我在影院中失落的「It」就是我的青春。然而我也和 Kael 一樣，用「失落」一字語意雙關：既失落又沉迷，而我的青春也在電影院所獨有、可以令我「失落」的氣氛中茁壯成長，甚至開花結果，令我臆想到世界之大和異國文化之神奇！（當時自然沒有「政治正確」的「後殖民」理論。）不知天高地厚，卻也養成了常作幻想和白日夢的習慣。多年後我留學美國，想到洛杉磯加州大學分校去學電影未獲錄取，後來改學歷史，最後又從歷史轉回文學。這雖與台大外文系我的一班朋友有關，但未嘗不也有受到中學時代看了無數電影的薰陶之因。

電影就是幻想，它帶我進入另一個「非現實」的世界，所以我至今對任何寫實影片都無大興趣，除非片中所描寫的「現實」早已成了歷史。因此侯孝賢的《童年往事》於我心有戚戚焉；二〇世紀三〇年代的中國老電影——如《十字街頭》和《馬路天使》亦如是。但五〇年代港產的粵語寫實片我卻不太喜歡。當年我對

異國的幻想也是促使我赴美留學的內在原因，因為我希望到美國去「印證」年輕時代的那種感覺，特別是西部片中的曠野。我抵美後立即乘灰狗巴士從西雅圖橫跨大陸到芝加哥，也是這個下意識的幻想在作祟。遊後當然是大失所望，因為六○年代的美國西部和中西部，已經看不到騎馬的「牛仔」，也沒有「驛馬車」，滿眼是又肥又大的汽車，令我倒盡胃口。我遊了蒙大拿州的黃石公園，卻沒有去過約翰・福特（John Ford，港譯尊福）影片中的「大碑谷」（Monument Valley），至今引以為憾，只有重看他的經典西部名片來彌補了。

❸

一九六二年秋，我初抵芝加哥大學就讀於研究所，不到一個月就感覺到失落了。在學業和生活雙重壓力之下，我幾乎不知所措。每天心裡痛苦不堪，只有等待週末——禮拜六夜晚——念完書之後到城裡那家克拉克電影院去自尋「失落」的安慰。我曾數度提過這段經驗（包括拙作《我的哈佛歲月》第一部第二章），卻沒有仔細談到在這家破舊不堪的影院中看電影的感受。

那是另一種「失落」：我對美國的生活幻滅以後想尋求的另一個銀幕上的「新大陸」，讓電影帶我到更遠的世界去。就在這個時期我開始看大量的歐洲文藝片，尤其是以瑞典（伯格曼〔Ingmar Bergman〕）、法國（楚浮、高達、亞倫・雷奈、克勞德・夏布洛、路易・馬盧）和義大利（費里尼、維斯康堤、安東尼奧尼）的影片為多。

我猜連卡爾維諾也沒有這種經驗：進電影院時早已華燈初上（大約是深夜十一點），甚至芝加哥這個不夜城也顯得有點蕭條，街上只有疾馳的汽車和路旁的醉鬼，寒風習習，我也戰戰兢兢，生怕被人搶劫（其實我穿的衣服更像搶劫者）。一頭栽進影院後——也是隨時可以入場——找個座位儘快忘掉外邊的世界，自尋我「存在主義」的夢鄉。

　　當時這些歐陸經典名片已經在首輪戲院中演過了。克拉克戲院是一個二輪影院，兩部經典片同映，只收一場票價，而且可以連看數場，沒人理睬。這家通宵放映的戲院遂成了我的天堂。在週末午夜入場，連看兩部費里尼和楚浮的電影，出場時已是清晨四五點，尚未見曙光，只好在街頭溜達，「享受」雙重的失落感：我不但與美國的現實格格不入，甚至覺得自己早有「存在」的危機，對人生的意義和目的也感到疏離了。因此歐洲電影正合我的胃口。

　　第一個令我吃驚的歐陸導演是伯格曼，我看他的《第七封印》（*The Seventh Seal*），竟然看到魔鬼；看他的《野草莓》（*Wild Strawberries*），也幻想自己的老年（那時我才二十多歲！）；看《穿過幽暗的鏡子》（*Through a Glass Darkly*）聽到巴哈的無伴奏大提琴曲，卻隨著銀幕上的女主角感受到上帝的「顯現」——而上帝竟然是一隻大蜘蛛！還有後來看到的《狼之時辰》（*In the Hour of the Wolf*），看那對中年夫妻在凌晨三時仍然失眠，互訴夢魘，竟然可以作同樣的靈夢！這些影片對我的震撼太大了，至今——在四十年後——還不敢重看，生怕自己承受不了，抑或是看後大失所望而失笑，這豈不是對不起當年的「失落之情」？

　　還有那兩個義大利大師——費里尼和安東尼奧尼，他們的影
片令我在失落中又充滿了慾望，我當時自認爲這是另一種「沉
淪」，比郁達夫的深刻多了。費里尼的《甜蜜生活》（La Dolce
Vita）把我帶進另一個慾望的世界，我也羨煞了馬斯特羅亞尼在
片中享盡豔福。那位瑞典肉彈安妮泰·艾格寶（Anita Ekberg），
本來就是我在中學時代的祕密偶像，她在此片中如痴如狂地跳進
羅馬噴水池的那一場戲，看得我如醉如痴，恨不得也隨著跳進
去！然而當時我認爲最「性感」的影片是安東尼奧尼的《情事》
（L'Avventura，直譯是探險，不知當年中文譯名爲何，因爲我已
經身在美國了），也就此迷上了該片的女主角 Monica Vitti 的頭髮
和嘴唇，其對我的引誘程度遠遠超過瑪麗蓮夢露的大腿和乳房。

片中男女兩位主角共尋失去的女友，這段冗長的「探險」經驗，大有象徵意涵，當時我直認是現代社會的「奧德賽」：在一個已經沒有意義的世界中再也沒有英雄了，只剩下這對男女到處做無意義的巡遊，也只好互相尋求孤獨中的慰藉。影片後段兩人做愛的鏡頭，雖只照到她的上半身，而且穿了衣服，其大膽程度還是令我咋舌，觀後情緒久久不能恢復。四十年後我重看此片，感覺一點也沒有變。於是又重看另一部 Monica Vitti 主演的《慾海含羞花》（Eclipse），這位安東尼奧尼當年的情人依然風情萬種。她和那位法國美男子亞蘭·德倫的調情鏡頭，真可和維斯康堤的名片《浩氣蓋山河》（The Leopard）中的一場床上調情戲（又是亞蘭·德倫）有得一比！

當然我最喜歡的導演還是楚浮，他的影片不但平易近人，而

< 費里尼導演的《甜蜜生活》
> 亞倫·雷奈導演的《去年在馬倫巴》

且更合我的胃口。費里尼和安東尼奧尼太刺激了，看完後我對生命的絕望感更深，而楚浮恰好相反，看完走出戲院，在心中湧出一股暖意，即使片中的故事大半是悲劇（如《四百擊》、《夏日之戀》、《槍殺鋼琴師》，我後來才看到他的《偷吻》和《婚姻生活》），我依然懷念不已——懷念的是片中的那些小人物，特別是《槍殺鋼琴師》中的酒吧女郎和鋼琴手的戀情，還有《夏日之戀》（*Jules et Jim*，港譯《祖與占》）中的女主角的放蕩不羈，我生平還沒有碰到過這種人物，真恨不得離開美國到巴黎去流浪，說不定也會有豔遇！

楚浮之外，還有亞倫·雷奈，他的《廣島之戀》我在台北已經迷戀上了。在芝加哥看的是他的《去年在馬倫巴》（*Last Year at Marienbad*），這是我第一次受到「理智」上的衝擊，片中的時間

和空間的觀念和處理方法，令我覺得背後有哲學理論，甚至也可用「博弈」理論的方法來「解剖」這個故事。我連看兩遍，還作了筆記，希望以後可以寫成一篇影評論文。這個願望至今沒有實現，現在也沒有心思了。

❹

一九六三年我從芝加哥轉學到哈佛，生活條件改善多了（有足夠的獎學金），心情也開朗起來，連帶也影響到我看電影的習慣。

我不想再孤獨失落了，於是開始約會，請女同學看電影，也想乘機在約會的過程中展露我的電影知識。但效果並不理想，只有少數的 Cliffies（蕾克列芙女校的女生）和我談得來，但同屬「影痴」的女生還是不多，於是有時只好形單影隻地走進那家我常去的「布拉陶」（Brattle）戲院，繼續看歐洲名片；中期的楚浮和安東尼奧尼的作品，還有貝托魯奇、馬可‧費拉里（Marco Ferrari）等稍年輕的義大利導演的作品，更有大量的「高達」革命影片。然而我的觀影心情卻改變了，戲院成了我的遊樂場，銀幕上的人物和故事開始和我有了距離，我自覺思想成熟了，電影知識也增進不少（每週末在圖書館大看《電影筆記》和《影與聲》之類的「高調」電影評論雜誌），開始自覺地對影片評頭論足，時而因自己的某些領悟或心得而莞爾一笑，自鳴得意。當然更重要的是：在這家戲院我深深體會到了重看電影的樂趣。

「布拉陶」戲院每逢哈佛期終考前的「閱讀溫習時期」（read-

ing period，約一個多禮拜），必放映《北非諜影》（*Casablanca*），這部二十世紀四〇年代影片的經典地位，也是哈佛學生和這家影院奠定的。我躬逢其盛，眞是與有榮焉。重看舊片的方式和聽京戲的方式差不多：劇情早已熟悉，閉著眼睛也知道，所「重看」的只是片中最精采的片段，而且可以百看不厭。《北非諜影》開頭的一段歷史解說，哈佛的學生無人留意，到了那對華納公司的老搭檔——彼德・勞瑞（Peter Lorre）和悉尼・格林史區（Sydney Greenstreet）出場，這才開始引起騷動。他們和鮑嘉的對話，台下人早已背得滾瓜爛熟，後來勞瑞開槍而逃，槍聲有幾響，竟成了此片「發燒友」的謎題了。到了褒曼出場，風情萬種，台下觀眾全都在看她，沒有人理會飾演她丈夫的保羅・韓瑞（Paul Henreid），可憐這位歐洲演員，被台下的噓聲白白糟蹋了。然後是黑人琴師唱出那首名曲〈時光流逝〉，誰都會跟著唱，接著是回憶鏡頭（flash-back），大家看著看著，都看得入迷。即使像我一樣，已經看了五六遍了，還是爲那幾個巴黎的鏡頭（是後來補進去的）痴醉萬分。最後是影片結尾草草的機場布景，鮑嘉和飾演警察的克勞德・蘭斯（Claude Rains）緩緩走

格林史區（右）在《馬爾他之鷹》的演出

進霧中，最後的那一句話──「這是一個友誼的開始」──言猶在耳，影片已經結束了，燈光大明，一群群哈佛的學生又鬧烘烘地走出戲院去附近的「藍鸚鵡」酒吧去喝啤酒，再把這部影片評頭論足一番，然後回宿舍挑燈夜戰，準備即將來臨的大考。

這種愜意的生活，至今也一去不返了。雖然戲院還是一次接一次地放映《北非諜影》，台下觀眾的品味卻早已變了，現在觀眾席中不乏白髮蒼蒼的像我等「長者」，偷偷地重返母校，在此重溫學生時代的舊夢，真是「時光流逝」，歲月不饒人，看老電影等於自我懷舊，只覺得那段年輕的歲月也隨風而逝了。

妙的是「布拉陶」戲院後來並不重演《隨風而逝》（*Gone With the Wind*，中譯《亂世佳人》）。二十一世紀初的世界依然是亂世，中東也依然「諜影重重」，我回到另一個電影的都市──香港──尋求庇護，打算多住一段時間，也乘興寫下這本書中的幾篇老電影的懷舊文章。

輯一
觀影自傳）

從出水芙蓉到派對女郎

　　和老婆到關島度假，百無聊賴，只好到酒店的游泳池去戲水，教老婆游泳。「你先拉著我，別怕，把腿伸直，偏著頭呼吸，兩腳打水要均勻，像愛絲特·威廉絲（Esther Williams，或譯：伊漱·惠廉絲）一樣！」

　　愛絲特·威廉絲？幾十年沒有想到她了，怎麼會突然從我的下意識裡浮出水面？還是那副笑容可掬的臉，頭上戴著一朵鮮花，棕色發亮的胴體，當然還有那雙修長而垂直的雙腿，越伸越高，鏡頭扶搖直上，看她跨到了高聳入雲的跳板上，然後背景音樂（像是豎琴的撥弦）響起，她縱身一躍，一個倒栽蔥，筆直地插入水中⋯⋯下一個鏡頭是她在水中的特寫，還是那副一成不變的笑容，眼睛睜得大大的，向著觀眾。然後，這個身長六尺的美人魚，就那麼戲起水來，節奏適度，在水面上不遲不緩地踢出陣陣漣漪⋯⋯

　　我的童年和少年的回憶就隨著這條美人魚偶像（icon）身後的浪花，消失在萬紫千紅的綺麗美景（spectacle）之中。用現在的時髦理論話語，應該說是這個好萊塢資本主義典型商品就如此

輕易地侵入這個生活在第三世界一個小城的鄉下少年的潛意識中，撥動他的情慾，讓他從銀幕上的假象中得到一種壓抑的偷窺式的滿足。這個肢體壯健的洋女人（現在已經做了老祖母了吧，還開了一家泳裝店）奪走了他的「童眞」（innocence），引誘他走上萬劫不復的「西潮」之路，在此後的二三十年追逐無數個西洋美人魚的形象，終至於放浪形骸，荒廢了他的大半生？

　　也許，這可以當做一部二流的自傳體小說的題材，主題當然是被無數作家寫成濫調的「性啓蒙」（initiation）。然而，事實——至少在我的回憶中——並非如此。愛絲特・威廉絲主演的那部影片中文譯名叫做「出水芙蓉」（英文原名是 *Million Dollar Mermaid*），似乎說的是一個澳洲女郎游泳成名的故事，除了幾場大堆頭的水中表演外，其實無甚可觀。幾年前我在台北買到一張

愛絲特・威廉絲

DVD 的翻版，帶回美國家中瀏覽，竟然沒有耐性看完。好像還有兩三部她主演的戲，片名已忘（有一部似乎叫做《洛水神仙》），劇情如出一轍，最後的高潮永遠是舞台上的戲水表演，使我這個來自窮鄉僻壤的少年嘆爲觀止——二十世紀五〇年代的新竹還是一個小城，在此我度過整整八個年頭——從小學五年級一直到高中畢

辛‧查爾絲

業，幾乎每一個週末，我都會「失落」在電影院裡。其中，國民大戲院（現在是一間電影博物館）是我的「麥加」，我每逢禮拜六必來「朝聖」。我的父母親十分開明，不但不阻止我看好萊塢電影，而且往往是全家四口一起光臨影院。不知道為什麼，在我年幼期間（小學到初中），父親選的電影大多是米高梅公司的歌舞片，所以在我幼年的回憶中，除了震耳慾聾的爵士樂之外，就是銀幕上的大腿舞——當然也包括愛絲特‧威廉絲的那雙玉腿。但是她又和另外幾位米高梅的看家歌舞女演員——如維拉‧愛倫（Vera Ellen）、辛‧查爾絲（Cyd Charisse，一譯：雪特‧嘉麗絲）、李絲莉‧卡儂（Leslie Caron）等不同，她不穿高跟鞋，不跳踢踏舞，她展現的胴體似乎與慾望無關，像是賣健康食品的廣告：多吃克寧奶粉或桂格麥片，將來身體發育得一定和我一樣好！

　　愛絲特‧威廉絲給我的感覺，只有一個英文字可以形容：wholesome，她笑得美的時候至多也不過稱得上 winsome。她的美感的來源不是色慾橫流的好萊塢，也不是摩登世故的紐約，而是美國內陸的大平原——中西部，在我想像的地圖中，她是一位俄亥俄或印第安那州的女郎，從小在一望無際的玉米田中長大。美國中西部不近海，那麼她何來游泳的天分？於是我又不得不把

《出水芙蓉》海報

她的出生地往東南移，移到佛羅里達，在那片退休老人常住的臨海沙灘上，她初露鋒芒，在黎明的晨曦照耀下撥水弄潮，那些坐在沙灘的帆布椅上假寐的老夫婦仍對她不理會，她自得其樂。突然一群年輕男人跌入水中，個個肌肉扎實，把她高高舉起，她還是那副笑容，還是在演同一場戲，還是把我拋在九霄雲外……即使在我最自私的想像中，她仍然不歸我所有，雖然她依然對我那麼親切，像一個典型的中西部女郎。

二十世紀五〇年代的台灣地區還沒有完全進入資本主義勢力的籠罩之下，但卻處於冷戰的急先鋒位置，美國文化開始以一種「半農村」的方式侵入我們的集體想像，所謂「半農村」就是這種「中西部」的模式，它的價值系統可以當時流行的英文版《讀者文摘》（Reader's Digest）、《生活雜誌》和《皇冠》（Coronet）為代表——中產階級品味、保守型的道德觀、注重家庭價值、禮拜天應該上教堂。

圖片中的美國人不住在高樓大廈，而住農莊，前面是一片草原或果園，還養了不少匹馬……愛絲特・威廉絲在不游泳的時候，一定也會騎馬。當時的好萊塢電影，還是西部片當道，約翰・韋恩一馬當先，即使是約翰・福特導演的西部片，其價值系統依然是保守的，山姆・畢京柏（Sam Peckinpah）和亞瑟・潘（Arthur Penn）的時代還未到來。換言之，這些影片的場景雖是西部不毛之地，但片中的英雄還是來自中西部。

除了西部片外，最流行的就是來自米高梅公司的歌舞片，大

多改編自百老匯的歌舞劇，所以不敢暴露眞正的頹廢或陰暗。即使是那部我最心愛的影片《派對女郎》（*Party Girl*），辛・查爾絲飾演的風塵舞女還是「一心似金」樣的眞誠（這句話是從英文翻

《派對女郎》

譯過來的，寫好萊塢電影的文章，腦中免不了泛起英文，大部分是從好萊塢電影中學來的），活像是一個來自中西部鄉下到紐約淘金的女郎，善心未泯。而男主角的羅勃・泰勒根本不像是一個黑社會人物，我心目中的羅勃・泰勒永遠是《劫後英雄傳》中的艾凡荷（Ivanhoe）或《圓桌武士》中的藍斯洛（Lancelot），忠心不二，一點歪念都沒有。

《派對女郎》中辛・查爾絲的那雙玉腿，對我的引誘力遠超過愛絲特・威廉絲，然而我對她依然也沒有邪念，只覺得她的舞跳得太美了。在另一部影片（*The Band Wagon*，中文譯名《龍鳳花車》）中她更誘人，高跟鞋穿得那麼高，一踢就伸到弗雷阿斯坦的手掌中，但這個骨瘦如柴的老猴子竟然無動於衷，還是一副郎心如鐵的樣子……

走筆至此，怎麼把愛絲特・威廉絲忘得一乾二淨？也許我已經把她和辛・查爾絲化爲一體？在懷舊的夢幻之中免不了和她在水中共舞一番？想著想著，老婆已經在泳池旁邊大聲喊叫起來：「老公，老公，你看我的踢水技術不錯吧！」邊說邊笑，像一個十幾歲的孩子，純眞得令我感動。老婆的笑臉千變萬化，活像一個喜劇演員，雖然她還不會游泳，但笑得卻比愛絲特・威廉絲甜多了！

這就是娛樂：漫談歌舞片

❶

好萊塢的八大電影公司，當年首屈一指的是米高梅（Metro-Goldwyn-Meyer 簡稱 M·G·M）。該公司自稱擁有的明星多於天上的星星，還拍了一段紀錄片，把幾百位明星大會餐的盛況，用搖鏡頭全部展示出來。我小時候最崇拜的公司就是米高梅，每次看到片頭的商標，就開始數獅子吼幾聲，如果是三聲，則必屬巨片，如果是兩聲則是普通級，不過，似乎還沒有只叫一聲的電影。

多年後在香港第一次看邵氏公司出品的電影，片頭商標中的標語：「邵氏出品，必屬佳片」，就使我想到米高梅。其實這兩大公司當年只不過資金雄厚，旗下演員眾多而已。二十世紀三、四〇年代的真正佳片——特別是警匪片——多出自華納公司，後來的二十世紀福斯的影片也不錯，派拉蒙則有大導演西席·地密爾（Cecil DeMille）壓台。其他的環球、共和、雷電華（RKO）、

聯美（United Artists）都是小公司，不在我眼裡。

米高梅公司出品的影片又以歌舞片居多。我偏偏對此類型的影片無大興趣——哪一個野男孩會喜歡軟綿綿、載歌載舞又沒有什麼武打槍戰或鬥劍場面的電影？然而我父母親則每逢週末必帶我們兄妹去國民大戲院看歌舞片，即使我不會欣賞，至少全家也會快快樂樂地度過一個週末，因為歌舞片必定是喜劇，也多以大團圓終場。

看歌舞片的要訣就是不管劇情和對話，只要歌舞場面，這是公認的「真理」。但也有例外，大導演喬治·庫克（George Cuker）也拍過歌舞片，但卻特重戲劇性的表演，如《星海浮沉錄》（A Star Is Born）和《美女如雲》（Les Girls）。他甚至一反歌舞片的常規說：不是以劇情來適應歌舞，而是把歌舞融合在劇情之中。我猜當年 M·G·M 的大老闆——第二個 M, Louis Meyer ——一定反對。

我在中學時代真正喜歡的一部歌舞片是在新竹中學讀初一或

《花都舞影》劇照及海報

初二時期看的《花都舞影》（*An American in Paris*, 1951），金·凱利（Gene Kelly）主演。本來我們這個男校的野孩子是不問此道的，卻被教美術的李宴芳老師半勸半逼地壓進戲院去集體觀賞，李老師在事前還大吹此片如何「柔味、軟味」，然後自己還舞動雙手做示範。我們看了笑在肚裡，也不見得有興趣。然而看完《花都舞影》之後，至少有一個學生開竅了：我第一次感受到像卡爾維諾說的兩個世界，也頓覺影片的世界比現實美好得多了，因為巴黎這個花都在影片中真是美得出奇。

《花都舞影》中最引我入迷的是全片最後約二十分鐘的舞蹈片段。布景如同法國印象派的畫，金·凱利一身黑衣，從色彩繽紛的場景中跳進跳出。和他搭檔的是法國芭蕾舞星李絲莉·卡儂，長得並不漂亮，但舞實在跳得出類拔萃，二人在塞納河畔和噴水池旁的雙人舞煞是好看。至少我被迷住了，甚至覺得音樂也極好聽，多年後才知道是美國爵士兼古典的作曲家蓋希文（G.Gershwin）的名作，就叫做《一個美國人在巴黎》，原來電影中的故事的靈感就是得自這首樂曲。除此之外，我也喜歡片中那位不停抽菸的鋼琴家奧斯卡·列文（Oscar Levant）演奏的蓋氏鋼琴協奏曲《藍色狂想曲》（*Rhapsody in Blue*）。

金·凱利的另一部名作：《萬花嬉春》（*Singin' in the Rain*，《雨中舞》，1951），則被公認為歌舞片中的經典。此片和其他歌舞片的不同之處，是它的故事就是以好萊塢作背景，描寫由默片轉到有聲片的種種趣事，這種自我指涉式的影片並不多。然而我更喜歡歌舞片中的女明星，當年和金·凱利搭檔的有兩位：辛·查爾絲和維拉·愛倫。兩人都有一雙修長的玉腿，但我更喜歡她

《萬花嬉春》

們的臉蛋，辛‧查爾絲笑得嫵媚，維拉‧愛倫甜得可愛，我看過她們主演的無數歌舞片，甚至還私自戀上這位至今已不見經傳的甜姐兒維拉‧愛倫，而對辛‧查爾絲的性感舞技，則覺得可望而不可及。

近日重看辛‧查爾絲主演的《玻璃絲襪》（*Silk Stockings*, 1957），那一場室裡攬鏡自照的獨舞，真是風情萬種。她在《萬花嬉春》和其他多部米高梅歌舞片中時常參加演出，尤其是那部《派對女郎》，她飾演風塵舞女，那一雙勾魂眼和一對勾魂腿，直把我所有的青春都勾去了。時過四十年，她的勾魂效果依然，我也照樣著迷。

歌舞片和一般影片不同，更和現實生活大不一樣。因為在現實生活中我們絕不會邊說邊唱，或是一句話還沒說完就突然引吭高歌，或者身體一擺，雙腳就忍不住跳起踢踏舞來。但看歌舞片多了以後，不但習以為常，而且也食髓知味，發現不少此中的妙處。

當年號稱舞王的弗雷德‧阿斯坦（Fred Astaire）就是一位大師。他往往在極自然的情景下或歌或舞，尤其是在跳舞時候的起步。你別看他骨瘦如柴，其貌不揚，但一起步就變了一個人，他跳舞時那股從容不迫但又瀟灑不羈的風度，無人──包括金‧凱利──可及。我看過他主演的歌舞片無數，從黑白片看到彩色片，他的舞技幾乎是片片皆精。只要看他如何「出手」，把他的

舞伴拉出來同舞，就值回票價！不論是金姐·羅杰斯（Ginger Rogers）也好，伊蓮娜·鮑威爾（Eleanor Powell）也好，當然還有那風情萬種的辛·查爾絲，一個個投懷送抱！有時她們會喧賓奪主，採取主動挑逗，但他永遠不會像金·凱利一樣，故做被迷昏了頭狀，而是有條不紊，永遠作一個紳士，即使演的是個流氓（如《龍鳳花車》）也依然如此。

金·凱利則以「輕功」見長，跳起來如飛，如那場有名的「雨中舞」，他在大雨傾盆中在地上滑來滑去，一臉輕浮的樣子，令人為之絕倒。在《美女如雲》中他演的更像他自己，甚至把練舞編舞的過程也表演出來了，算是一絕。但最能代表他的「純舞蹈」藝術的是一部目前早已找不到的影片《邀舞》（*Invitation to the Dance*），其中沒有故事情節，只有三場舞蹈，可能賣座甚差。記得我初抵美國，由西雅圖坐「灰狗」車到芝加哥途中，臨時在明尼蘇達下車休息時走進影院。院裡門可羅雀，我更覺得形單影隻，然而銀幕上的那三段舞蹈，後來卻「支撐」了我在芝加哥的整個寒冬，我從金·凱利的精湛舞技中感受到一種藝術的溫暖。

金·凱利的歌喉則真的不敢恭維。在好萊塢影片中聽唱歌更需要事前具備多重的「諒解」和同情心。會跳舞往往不會唱歌，反之亦然。但為了這種歌舞片類型的需要，非載歌載舞不可。如何「載」法？拍唱歌場面不比拍舞蹈場面容易，後者往往有專家負責，事先排練好了，導演有時就乾脆交給舞蹈指導去拍。奇才如 Busby Berkeley 專門擅長壯觀場面，把個眾香國的女舞蹈演員拍成百花齊放的奇景（他為愛絲特·威廉絲設計的水上舞蹈就是一例），因此往往喧賓奪主，把原來的導演也比下去了。當然也有

少數導演如 Stanley Donen 和 Charles Walters，處理喜劇和舞蹈都得心應手，居功至偉，但他們幾乎被後世的電影理論家所遺忘，或不屑一顧。除了上述二人外，米高梅的當家導演喬治‧悉尼（George Sidney）也是其一，至今似乎無人研究。

　　拍起歌唱片——或歌舞片中的歌唱鏡頭——則更難，不但是要處理話說一半就引吭高歌的場面，而且還要安排片中所唱的幾首歌本身（每曲至少有三四分鐘長）：鏡頭如何才會顯得不重複單調？喬治‧悉尼是此中高手，《畫舫璇宮》就是一個經典例子，那場「老人河」從前景特寫到霧中背景的長鏡頭，都是動足腦筋才拍得出來的。米高梅的另一位看家導演李察‧索普（Richard Thorpe）也是如此。我從《歌王卡羅素》一片中發現了他，後來又看了他導演的兩部古裝片——《劫後英雄傳》（*Ivanhoe*）和《圓桌武士》（*Knights of the Round Table*）——佩服之至，卻沒料到他也會導《學生王子》！而且手法依然可圈可點。此片我當年就看了無數次，最近重看 DVD 版，還是不知不覺中受其吸引。誠然蘭沙在幕後的歌喉是主要原因，但在片中作他的傀儡唱雙簧的艾德蒙‧普登更不容易。在索普指導之下，普登雖沒有把這個角色演活，倒也中規中矩，配上演過《歌王卡羅素》的安‧白蘭絲，幾場戲兩人都十分投入，演出動人，這也不得不歸功於索普。他處理前段的〈飲酒歌〉和後段的〈摯愛〉和〈我隨主行〉等歌曲的鏡頭選用皆可圈可點，前者的鏡頭有「動感」，後者卻是從不同角度拍的靜鏡頭，由遠而近，但好處就在於令觀眾不知不覺。我當年連看數場，每到歌唱場面都會動容，受到蘭沙的歌聲和片中的氣氛的感染，明知布景是假的，卻「假

戲眞看」，從不感到沉悶，最近又重看 VCD（品質甚差）和 DVD（品質甚佳）版數次，我對此片的走火入魔已到了痴狂之境。

❸

看歌舞片可以忘掉現實生活上的煩惱和憂愁，我多年來屢試不爽。七〇年代初我到普林斯頓大學初任助理教授，教學研究和愛情生活上壓力都極大，有一年暑假期間，我苦苦從早到晚寫我的魯迅研究著作，但又寫不出來，特別是那一章〈野草〉的闡釋，寫來寫去都不滿意，最後竟然把兩個月的成果全部作廢！就在那漫長的暑天，我有一晚去看一部影片： *That's Entertainment*（《娛樂世界》）。原來這是一部紀錄片，由米高梅公司的歌舞片中的菁華拼湊而成，由「瘦皮猴」辛納屈負責介紹。我看他走進當年米高梅的片場，如數家珍地談當年往事，不知不覺也想到我的童年：看到那一連串的歌舞場面，眞是悲喜交集。看完走出

《娛樂世界》

戲院，抬頭望見天上的星星，想起當年米高梅公司眾星如雲的盛況，眞是「數千古風流人物，俱往矣！」然而他們還是載歌載舞地離開人間的。

現在回想起來，多年來我每逢絕境，都是這些歌舞片令我精神爲之一爽，繼續在人生的旅程中奮鬥下去。

美人如玉劍如虹

少年時代我喜歡看打鬥片,這可能是所有男孩共同的嗜好。打鬥片的類型又有幾種:西部片、戰爭片、警匪片、古裝劍俠和海盜片。我最喜歡的是最後一種。

所謂「古裝」,當然指的是以西方歷史、宮闈作背景的影片。(國產古裝片──邵氏出品的──尚未全數登場,我年輕時和父母親一樣,不喜歡看任何國產片。)在中學時代歷史課上西方史的課程極少,只記得老師講過一次拿破崙,因此後來看《拿破崙豔史》(*Desirée*,珍·茜蒙絲、馬龍·白蘭度主演)時,看得特別津津有味,可惜其中獨缺打鬥和戰爭場面。

既要古裝,而且有鬥劍場面──換言之,就是西方武俠片──這才是我最熱愛的電影。

我這一代人,憶起二十世紀五〇年代的成長期的西方古裝劍俠電影,一定會想到下列幾部:《俠盜羅賓漢》、《劍俠唐璜》(主演者是我年輕時代的偶像埃洛·弗林)、《黑天鵝》、《新三劍客》和《美人如玉劍如虹》。近年來重看這幾部電影,發現自己早已長大脫離(outgrow)埃洛·弗林式的俠盜影片,卻獨鍾

《美人如玉劍如虹》（*Scaramouche*, 1952 年出品）。後來發現印度名作家魯西迪（S. Rushdie）也在一本小說中提到這部電影，初覺「英雄所見略同」，後來反思才悟到我們原是同一個年紀的人，在「第三世界」同受「美帝國主義」的文化毒害，端的是令我雀躍鼓舞——沒有當年的這段共同記憶，怎麼有資格做「後殖民」的文化研究？

《美人如玉劍如虹》這個譯名也不知是誰起的，出自中國古詩，而我早年受到的詩詞教育也大多受到這類古色古香的譯名薰陶，真要感謝當年的這些無名英雄，其中絕對不乏名人——如當年台大歷史系主任沈剛伯，他把《霍夫曼的故事》（*Tales of Hoffman*，原是歌劇）譯做《曲終夢回》，真是神來之筆！對我而言，七個字的譯名更傳神，例如《恨不相逢未嫁時》（見名思義，立刻就覺得迴腸蕩氣，此片原名記得是《自君別後》〔*Since You Went Away*〕）、《蓬門今始為君開》（此名十分色情，令少年的我想入非非，其實與片中故事風馬牛不相及，記得是約翰·韋恩和馬蓮·奧哈拉主演的愛爾蘭鄉間故事，原名 *The Quiet Man*），和《無限春光在險峰》（安東尼奧尼的經典名作 *Zabriski Point*）等等。

《美人如玉劍如虹》中有兩個美人，由伊蓮娜·派克（Eleanor Parker）和珍妮·李（Janet Leigh）主演。一個豔若桃李（派克）、一個純如珠玉但不冷若冰霜（珍妮·李）；一個是藝人，一個是王宮貴族，但兩人皆非我心目中的理想女性，所以看來並無太大興趣。然而片中的兩個男主角，一忠一奸，原來卻是兩兄弟，真是令我仰慕萬分。飾演奸角的米爾·法拉（Mel

《美人如玉劍如虹》海報

Ferrer，後來做了我的偶像奧黛麗‧赫本的丈夫），真是風度翩翩，劍法超群，與對手比劍時，那股咄咄逼人的眼神更是令人震驚，所幸他長得不高，仍然比不上男主角史都華‧格蘭傑（Stewart Granger，港譯史超域‧格蘭加），他在片中穿起那套黑白相間的「名士」（dandy）服登台時，真是儀態萬千，我當年的不少女同學都被他迷倒。

　　我用了「dandy」一詞，是有一定的道理的。十八世紀的花花公子式的「名士」，以衣著出色而著名，先領風騷的人物就是英國的美男子布魯姆（Beau Brummel，妙的是一部以他的傳記為本的同名影片也是由格蘭傑主演）。當年的米高梅公司有兩大看家名小生，一是羅勃‧泰勒，曾演過《圓桌武士》和《劫後英雄傳》，另一位就是史都華‧格蘭傑。試問當代美國小生如強尼戴普（勉強演個海盜）、基努李維（在《駭客任務》中如無特技根

本擔不起大梁），甚至湯姆克魯斯（演個協助日本武士的美國人都不像），哪一個人可以像羅勃・泰勒或史都華・格蘭傑那樣，表現出一種貴族紳士（但又不拘泥）的風度？

妙的是此片中格蘭傑飾演的紳士原是一個貴族的私生子，卻在劇場中演小丑——Scaramouche 就是小丑的名字，這原是歐洲中世紀的啞鬧劇（Commedia dell'arte）中的一個角色，帶了面具搞笑。但此片卻以這個面具掩飾了原來人物的貴族出身，更把這個人物介入法國大革命時期的政治中，其中有場戲精采絕倫：「小丑」參加了革命議會，在決鬥中把對手殺死後，第二天步入會場，宣布說：「某某代表將永遠不會出席！」那個「永遠」（permanently）一字，真是妙不可言！

為了寫這篇文章，我上網查詢資料，才發現原作者 Rafael Sabatini 原來也是我當年喜歡的幾部古裝片——《黑天鵝》、《古堡藏龍》（Prisoner of Zenda，又是格蘭傑主演）和 Captain Blood《鐵血船長》的原作者，真恨不得買了書看！這種情節曲折的歷史故事，如果用詹明信（F. Jameson）的理論來研究下去，實在大有文章可做，譬如歷史上階級人物的取代以及亂倫禁忌的問題……還是打住不談，否則又成了一篇學術論文。

為什麼這部影片如此吸引人？論其處理情節的方式已是老套，香港的名影評人石琪在看此片後也已提過。然而我認為其中有幾個特點，至今仍有意義。

第一就是那場劇院中的雙雄決鬥，足足有六七分鐘，從台前打到台後，又從台後打到包廂，又從包廂跳到台上——這完全是精心設計出來的一場舞蹈，鬥劍真的上了舞台，變成了驚心動魄

的煽情戲（melodrama）。而高潮也變成了「雙拼」：兩種情節、兩種人物背景、兩個故事類型在此相會，再加上情節積累出來的浪漫氣氛，讓人看得喘不過氣來。相較之下，同一個類型的《歌劇魅影》（*Phantom of the Opera*），特別是電影版，簡直是淺薄粗陋不堪！

《美人如玉劍如虹》的導演喬治・悉尼剛於二〇〇二年去世。他從二十世紀四〇年代開始拍片，是米高梅公司的看家導演。我在網上翻看他的作品，發現他導演的還是歌舞片居多，包

《美人如玉劍如虹》劇照及海報

括愛絲特・威廉絲的游泳片和百老匯歌舞劇改編的《畫舫璇宮》（*Show Boat*）等。他的處理手法似乎特別明快，絕不拖泥帶水，《美人如玉劍如虹》如此複雜的情節，在他處理之下變成條理分明，當然，這和編劇也有關。他導演的另一部名片《新三劍客》在情節上就有破綻了，但可能是因為太忠於大仲馬的原著。喬治・悉尼處理該片中的一場花園鬥劍場面，更似舞蹈，加上金・凱利——本來就是一個舞蹈家——飾演的達太安在其中蹦蹦跳跳，插科打諢，真看得我精神振奮，拍手叫好。悉尼導演的古裝文藝片似乎只有一部：《深宮怨》（*Young Bess*），在我的記憶中也

極美好，珍‧茜蒙絲演得十分出色，搭配的又是史都華‧格蘭傑，後來他們還結爲夫妻。可惜我還找不到影碟重看。

記得初看此片時，我還是一個初中學生，根本聽不懂英文，僅靠簡略的幻燈字幕了解情節，所以看到片中沒有打鬥場面，就覺得有點沉悶。多年後（約在十年前）重看，特別是看到影片中段的議會情節，就開始感到對話頗佳，兩年前再看，更發現法國貴族氣氛濃厚，雖然演員說的是英國口音的英文。今次再看，才終於領悟到全片對話的典雅味道。誠然，一個描寫十八世紀末法國大革命前夕的貴族故事，對白當然要模擬得十分典雅，但仍然在劇本寫作上（我未讀過原著）煞費周章，特別是米爾‧法拉演的那個貴族公子哥兒，更是處處語帶諷刺。此次爲了寫此文再看一遍，卻又發現不少對白的精采之處：影片開始不久，格蘭傑和珍妮‧李路邊初遇，他向她調情的段落，竟然出口成章，背出詩句來，她問他是否是 Molière 的詩，他說是自編的，我聽後卻甚吃驚。

這種文體，這種說話方式，即使在現今改編自名著的影片——譬如兩部根據 Leclos 名著搬上銀幕的《危險關係》（*Les Liasons Dangereuses*），一爲英國導演，另一位就是鼎鼎大名的捷克導演 Milos Forman，也是以十八世紀法國貴族爲背景——對話就不大典雅。爲什麼二十世紀四、五〇年代的好萊塢電影中竟然有如此典雅的對白？

於是我又上網查此片的兩個編劇者： Ronald Millar 和 George Froeschel。前者不見經傳（並非後來出名的劇作家），後者則是米高梅的看家編劇，原籍奧地利，他的另一部作品就是考爾門

（Ronald Coleman）主演的 *Random Harvest*（中文譯名似乎是《鴛夢重溫》，坊間有翻版影碟賣），該片描寫的是一個失憶者的故事，兩人合作的另一部名作是葛麗亞‧嘉遜主演的《忠勇之家》（*Mrs. Miniver*），難怪《美人如玉劍如虹》中有此精采的對白了。由此我得出一個結論：不要小看四、五〇年代的好萊塢電影，因為幕前幕後聚集了大量從歐洲移民到美國的人才：英國演員、法國和德國導演、奧地利編劇〔另一位奧籍導演和編劇是《亂世忠魂》（*From Here to Eternity*）、《日正當中》（*High Noon*）的辛尼曼（Fred Zinnemann）〕。這一個歐陸人文傳統，除了英國演員外，至今已經失傳，也連帶影響到好萊塢近年來的作品風格：對話越來越少、動作和特技越來越多，偶爾看到一兩部對白多的影片，如《愛在日落巴黎時》（*Before Sunset*），又覺得說話太多。我當年一知半解地看好萊塢電影學英語，所幸在古裝宮闈片中還學了幾句典雅的英文。

走筆至此，竟然連片中的打鬥場面也忘了。於是再去重看影碟，並且仔細算算此片中大大小小的鬥劍場面，卻又發現這些鬥劍場面與劇情結合得天衣無縫。從安德烈好友被德曼伯爵殺死，他誓為老友復仇開始，經過再次仇人見面、安德烈逃脫未死，遂從高人學劍，練成武功後在議會中

《鴛夢重溫》海報（左）、《忠勇之家》海報

《美人如玉劍如虹》

與對手決鬥死傷三人，最後才在劇院中與伯爵碰面決鬥，如此一波接一波，到了高潮，堆砌得有條不紊。最令我自己吃驚的是：全片中至少有三場鬧劇的演出，而且時間也甚長，我以前覺得很沉悶，現在卻發現這三場戲恰為故事的原主角——小丑——點了題，而且還仿照中古 Commedia dell'arte 方式（即使從歷史考證角度而言難免有破綻），一路演下來，使得伊蓮娜·派克大放光彩，甚至劇中的幾套胡鬧手法用在片中其他情節裡，也是妙不可言。

甚至從了解法國歷史角度來看，也為年幼無知的我上了一堂課：才知道法國大革命前夕先有議會，貴族和中產階級的代表對立，最後片尾時連拿破崙也登場了，變成女主角的新男朋友，並以此暗射政治－革命－戀愛－打鬥的關係。影片開頭引用了原作者的一句話：「他生有搞笑的異稟，也覺得歷史是瘋狂的！」片末又以另一種口氣道來：「他相信搞笑，因為這個世界是瘋狂的。」前後呼應，歷史和喜劇合而為一——這種隱喻法，除了根據原著外，也只有頗具學養的編劇人和導演才能表現出來。

可惜我看的「台灣版」影碟的中英文字幕錯誤百出，甚至連法國人名和地名在英文字幕中也寫錯了。﹛注﹜安德烈在議會中打敗的一個貴族對手來自巴黎第十六區（英文字幕亂寫），而他自己代表的聖・丹尼（St. Denis）區屬巴黎郊區，工人居住的地方，這些歷史和地理上的細節全數在字幕中「缺席」了！

　　我本來爲的是重看這部西方武俠片過過癮，卻不知不覺間又從這部老電影中學到不少東西。其實，談什麼「通識教育」或「人文精神」，多看看好的老電影也足夠了。也許這又是我的「老生」常談。

﹛注﹜
我將錯就錯，故意把格蘭傑飾演的角色讀做 Andre Malraux，而把米爾・法拉飾演的貴族改名叫做 Paul De Man 伯爵。文學同行朋友當可會心一笑！

亂世佳人

《亂世佳人》影片和我同一年誕生——一九三九。

瑪格麗特・米契爾（Margaret Mitchell）的小說 *Gone with the Wind*，中文譯本名叫《飄》，出自翻譯名家傅東華的手筆，這本書在我父母親的時代已經家喻戶曉了，至少在知識分子群中是這樣。誰把這部影片譯成《亂世佳人》尚待考證，但我知道它在上海先後演過兩次，皆造成轟動。第二次公演是在抗戰勝利後，觀眾可能把自己的切身經驗和片中的美國南北戰爭的背景化為一爐。

我第一次讀這本小說的英文原著是在一九五八年，我在台大外文系讀完一年級的暑假，深感自己的英語能力比班上的同學差，所以需要勤下苦功。那年暑假我花了整整兩個月的時間把這本小說從頭到尾「啃」完，為的是練習英文！我把字典都翻破了，但還是對書中的黑人說話一知半解。這和我不久之後讀的馬克・吐溫小說，《湯姆歷險記》（*The Adventures of Tom Sawyer*）感覺相同，其中也有不少黑人用語，譬如：「You aint no good.」這句話，我當時就覺得不合課堂中學到的英文文法。

我第一次在新竹國民大戲院看《亂世佳人》還在中學時代，後來重演時又重看，由於這部電影留下來的深刻印象，我才把這部小說視爲文學經典。據說在二十世紀三〇年代這本小說初發行的時候，在美國也是人手一冊。它的殊榮可能僅次於另一個「小女人」作家——斯陀夫人（Harriet Beecher Stowe）寫的《湯姆叔叔的小屋》（*Uncle Tom's Cabin*）。然而那年暑假我閱完此書的感覺卻不甚好，認爲它是一本二流小說，沒有影片精采，這是少數電影比原著好的例子之一。我至今仍執此看法。

最近我終於購得此片的「六十五周年紀念」版本的影碟，在家和吾妻共賞，連看兩晚，兩個人竟然心神貫注，感動萬分。今晨開始寫這篇文章，腦海裡還存著郝思嘉（Vivien Leigh 主演，中譯費雯・麗）和白瑞德（Clark Gable 主演，中譯爲克拉克・蓋博，港譯奇勒基博）的影子，於是又拿出該片附送的資料來讀，更是久久不能釋懷。爲什麼一部被公認的經典名片有此長久的號召力，而且如此耐看？

❶

此片全長二百三十八分鐘，將近四個小時，分上下兩集，在影院中看有中場休息，整個觀影過程是一次切身難忘的經驗。據報導一九三九年十二月十五日在亞特蘭大公演時，終場時觀眾鴉雀無聲，都看呆了，數分鐘後才全體起立歡呼。中國觀眾可能也有類似的感受，至少我還記得在國民大戲院看到上集結束的幾個大場面：火車站前橫屍遍野、亞特蘭大大火，郝思嘉和白瑞德趕

《亂世佳人》

著馬車在兵荒馬亂中，帶著生病生子的美蘭妮連夜逃奔！這一連串的鏡頭，真是驚天動地，乃畢生所未見，也把我看呆了。那個時候，我還不太懂英文，需要靠銀幕旁邊的中文解說，現在有了中文和英文字幕，幾乎每一句都聽得懂，感受又有所不同。

五十年前看的是影片的故事和背景，並不知不覺地喚起親身經歷的回憶：當年（就在我誕生後數年）躲避日本鬼子的時候，還不是受盡千辛萬苦。我年幼體弱，害了傷寒症，奄奄一息，父母親為了我而決定不隨他們任教的信陽師範全體師生撤退到大後

《亂世佳人》

方，而留在河南西部的山岳小鎮，日本人追上來了，我們也連夜逃難，翻山越嶺，情況可能比影片中描寫的更艱辛。我那時大概僅較美蘭妮懷中的小寶寶稍大幾歲吧，但已經開始懂事了，至少知道生活的主要節奏就是逃難。

一九四九年全家又從福州到台灣，生活同樣艱苦，數年後在新竹這個小城看到此片，好像父母一樣感同身受，都流下眼淚來。我也感到精神上似乎被一輪巨浪壓倒了，喘不過氣來。半個世紀後重看此片，心情當然輕鬆多了，有了時空的距離，可以好整以暇靜觀每一個鏡頭和場景，觀後同樣感到震撼。

第一令我震撼的是片中的彩色，經過科技加工復原後，彩色鮮豔至極。那場「十二橡樹」農莊開下午宴會的場景，從道具布景到人物服裝都美不勝收，讓我置身於十九世紀中葉美國南部莊

園生活的貴族世界中，這種優雅文化（genteel culture），至今早已蕩然無存了，片名「隨風而逝」指的是這種南方貴族文化。

這種文化的菁華，在本片中表露無遺；亞特蘭大城郊鄉下的兩個家族，住在兩幢老房子裡，享受著黑人奴僕的伺候，擁有數千畝的棉花田，有恃無恐，過著安定的日子。又不時舉行宴會，在這種場合，女子花枝招展，打情罵俏，男子彬彬有禮，絕不越矩，雙方都自然保持儀俗上的分寸。這本是一種相當保守的生活方式，而這本小說的宗旨和主題以及政治態度，也是相當保守的。然而引起巨大轟動的原因也和當時（二十世紀三〇年代）的時代背景有關：美國剛剛度過經濟危機，尚未能喘過氣來，歐戰就爆發了，時局動盪不安，因而引起美國人的懷舊情緒──嚮往的是小說和電影前半部所描寫的那種安居樂業的生活世界。

南北戰爭是一個分水嶺。南方失敗後，北方的工業資本主義進入南方，鄉紳的棉花莊園也被油田和工廠所取代，資本主義大興，南方的新興家族──當今總統布希是一個典型代表──都是些暴發戶，不學無術，橫征狂虐，貪得無厭，當然毫無「優雅」文化可言。《亂世佳人》下集所顯示的就是這個新興階級的破壞活動，它使得原來的秩序變得混亂，把人性中的慾望引發了出來，也把莊園的美景破壞了。然而，小說和影片從頭到尾都堅持一個觀點：家園（片中的「Tara」）的重要性，即使被戰火燒毀了，也要重建，而一切城市中金錢買來的榮華富貴都不重要。所以影片結尾「Tara」的呼喚又起，郝思嘉失掉了丈夫白瑞德，卻又重獲更扎實的鄉土感。這個處理方式，最有情感上的壓力，卻把歷史背景淡化了。我們不禁要問：白瑞德離開後去做什麼？當

然是賺錢。其實他是一個眞正「過渡型」的人物，一個農莊社會中的小資本家，戰後發了橫財，一點都不奇怪，但在片中他所習慣的金錢生活世界卻沒有表述（原著中也沒有寫明）。小說和影片中最主要的人物還是郝思嘉，所以《亂世佳人》這個譯名，其實再適合不過。

費雯·麗本是一個英國演員，此片是她打進好萊塢的「處女作」，從當時眾多美國女明星中脫穎而出被選做主角，不能不說是製片家大衛·賽茨尼克慧眼識英雌。也許正是因爲她的英國出身——英國社會中不但有貴族傳統，而且階級分明——所以才能夠把這個典型的「南方仕女」（southern belle）演得維妙維肖。她和奧麗維·哈佛蘭（Olivia De Havilland）飾演的賢淑直率的美蘭妮，是兩種性格迥異的「南方仕女」典型，猶如《紅樓夢》中的薛寶釵和林黛玉（但又不盡同），這也是本書和本片的吸引人之處。相形之下，李斯廉·霍華（Leslie Howard）演的衛希里這個角色，文質彬彬有之，但性格就嫌太軟弱了。（據稱這位英國演員在拍片時心神不定若有所思，可能在擔心歐戰）。

多年後，我看到費雯·麗主演的另一部名片《慾望街車》（*The Streetcar Named Desire*），不禁感慨繫之，竟然又想起《亂世佳人》中的郝思嘉來，這個南方仕女早已成了徐娘，美人遲暮，僅能作白日夢。這是名劇作家田納西·威廉斯（Tennessee Williams）爲這個南方傳統所作的輓歌。（走筆至此，又不禁想起被颶風摧毀的紐奧良城，這也是《慾望街車》女主角 Blanche Dubois 回歸的南方城市，現在成了一片廢墟，而布希等政客對之悍然不顧，這不正是反映了《亂世佳人》背後的主題？）

❷

　　在這套《亂世佳人》六十五周年紀念版的四張影碟中，有兩張裝的全部是背景資料，包括本片從頭到尾、從策畫到拍攝的過程，其中的主角當然是賽茨尼克。此公膽識魄力兼備，從購買原著開始，到聘請編劇（Sidney Howard 花了一年工夫寫出十分忠實於原著的劇本，後來又經賽茨尼克一改再改）、物色演員（郝思嘉這個角色就試過九十個女演員，而候選的有一千多人），到搭建亞特蘭大的街道布景和室內布置，演員的服裝……事無鉅細都是他一手經營的。片中的每一個鏡頭都由美工大師 William

克拉克‧蓋博（左）
及費雯‧麗在《亂
世佳人》中的演出

Menzies 以彩色事先畫得一清二楚。如果將此片與維斯康堤的
《浩氣蓋山河》相比，後者卻是由導演總理一切，製片家只不過
投資出錢而已。

　　然而《亂世佳人》的導演也有一定的功勞，因為他必須指導
演員演戲。我此次重看，又再次受到片中所有演員的精采演技所
感染。這雖是由四大明星（另一位是至今已被遺忘的翩翩君子演
員 Leslie Howard）領銜主演的，但卻是一部「集體演出」（ensem-
ble acting）的範例。但其中當然還是費雯‧麗和克拉克‧蓋博的
演出最精采，特別是費雯‧麗的眉毛和克拉克‧蓋博的嘴角，到
處都是戲。

　　此片最初由賽茨尼克的老友喬治‧庫克執導，但拍片僅工作
了二十三天就和賽茨尼克不合而離職，改由米高梅的看家導演之
一維多‧弗萊明（Victor Fleming）擔任。我從有關資料中細查兩
人負責的部分：庫克一向是指導女演員的專家，所以甚得費雯‧
麗的喜歡；而弗萊明更功不可沒，在大場面的場景調度上得心應

手，也推展整個戲的張力。如果此片完全由庫克導演的話，上述的幾個大場面就不會如此動人了。庫克最擅長的還是室內戲，但有時無法照顧全片的整體結構；弗萊明則可大小兼顧，而且十分有效率，把此片在五個月之內加工趕完。他也在中途因受到壓力太大而離職三週，所以賽茨尼克又請了一個大導演山姆‧伍德（Sam Wood）來幫忙，這三大導演的功力合在一起，才有此成績。

但最終還是賽茨尼克。他每天以無數的短簡向各大導演施壓，又把劇本改來改去，看了幾段樣片不喜歡又重拍，當然超過預算甚多。我認為他最大的貢獻是在剪接，他和剪接師 Hal Kern 兩人晝夜不分的趕工，弄到筋疲力盡，於四個月之後完工，可謂速度驚人。剪接取捨完全操在賽茨尼克手裡，把數萬呎的膠片剪成四個鐘頭長度的影片。我此次重看，發現鏡頭與鏡頭、場景與場景之間連接得天衣無縫，尤其是幾個大場面往往從近景拉到遠景，或由特寫鏡頭溶接（dissolve）到下一場的遠景（如全片最後的兩個鏡頭），真是有條不紊，緊抓著觀眾的情緒。上集更是一氣呵成，下集的情節變化較多（包括郝思嘉的二度結婚和與白瑞德的多次相遇及婚後生活上的細節），所以節奏上顯得稍慢。但是看到最後一場，白瑞德受不住而離家出走，說出他那句名言：「Frankly, My dear, I don't give a damn!」我每次看心中都有異樣的感受：初看時一直在想，他不當真吧，遲早還會回來，但後來重看，卻覺得他去意已堅，想來郝思嘉要找他回來不太容易。此次再重看，卻從他的出走轉向她的悲哀，那一臉淚水的特寫鏡頭，也令我這個「大男人」肝腸欲斷，忘了作客觀分析了。

在美國影史上，《亂世佳人》不論是否賣錢，都彌足珍貴，因為好萊塢再也拍不出這種有貴族氣息的巨片了，後來的幾部模仿作品，如《雨樹郡》（*Raintree Country*，一譯為《戰國佳人》，伊麗莎白・泰勒主演）、*Band of Angels*（克拉克・蓋博在片中演一個極似白瑞德的角色），都不能與之相提並論。

❸

　　此次看完《亂世佳人》後，我靈機一動，又立刻從收藏的老電影中拿出另一部經典影片的影碟：《國家的誕生》（*The Birth of a Nation*），這部一九一五年出產的默片，是由美國影史上第一位大師格里菲斯（D. H. Griffith）導演，片長也將近三個鐘頭，故事的背景也和《亂世佳人》相同，甚至把南北戰爭中的歷史大人物──如林肯──變成片中人物。故事的「前景」描寫的是兩個家庭，一南一北，兩家人的子女本有私情，但卻被戰爭拆散了。它較《亂世佳人》更保守，竟然把戰後冒起的白人「三K黨」（Ku Klux Klan）視為英雄，公然揭示白人至上的觀點，以現今的眼光看來，可謂政治上極不正確。

　　但是一部影片的藝術成就往往和它的「政治」不成正比。格里菲斯在這部「開山之作」中奠定了好萊塢故事片的傳統：把人物的心理動機和情節的進展合為一體，並加上一個「煽情戲」的高潮：讓片中男主角以三K黨的蒙面姿態英雄救美。三十多年後的《亂世佳人》就世故多多了，而且把三K黨的歷史細節放在最不顯眼的位置，僅間接指涉衛希里和郝思嘉的第二位丈夫被牽涉

的事實，後者並被槍殺，據說是賽茨尼克不願意得罪黑人觀眾。然而兩片對於黑人女僕的態度則十分相似，也反映了歷史上的事實：這些南方仕女大多是家裡的黑人奶媽帶大的，他們成了一家人，奶媽和在棉花田工作的黑奴不同。《亂世佳人》中的奶媽一角，其實是故事情節的支柱，而飾演這個角色的 Hatti McDaniel 也把她演得有血有肉，極為真實自然，她得到最佳女配角的金像獎，實是眾望所歸。她在得獎致謝詞時說到：希望對得起她的族類，此語也是有深意的。

相形之下，《國家的誕生》就簡陋多了，甚至把黑人醜化，其中的混血兒是大壞蛋，而支持黑人解放的參議員也是奸雄。我

格里菲斯導演的《國家的誕生》

不禁十分好奇，當時的中國觀眾對此片有何看法？友人陳建華剛好寄來大批資料，原來上海的卡爾登戲院於一九二三年即曾上映這部名片，譯名叫《重見光明》，並在報上刊登廣告，稱之爲「驚天動地之美國歷史影片」。並且還列出片中「演員一萬八千人，戰馬三千匹，布景五千萬」，又說「情節自美國總統林肯在劇場被人殺害起，經過南北二次血戰北軍得救後，黑奴霸權凌辱白人，至三 K 黨發動攻克黑奴再造共和、重建光明止」，完全符合原片故事。但廣告中的最後幾句話也不忘把片中最煽情的情節突出介紹，「其中最淒者爲演一貴族家庭，生有三子二女，二子死於戰場，一子受重傷負病返家後，三 K 黨之發動，皆此子所造。一女爲黑兵調戲，墜崖而死，情節之淒慘、布景之怵目、演員之名貴，恐上海自有影片以來無過於此。」

　　我把這段廣告引了出來，並加上標點符號，也是因爲這個史料珍貴。據陳建華的研究，最早評論此片和另一部格里菲斯的作品《賴婚》（*Way Down East*, 1920）的竟是所謂「鴛鴦蝴蝶派」的通俗作家，他們甚至把《賴婚》的劇情，寫成小說在《晨報》連載數日，歎爲佳作，甚至名旦梅蘭芳也致函影院「稱此片之神

《亂世佳人》

奇，歎爲得未曾有」。這些資料似乎與《亂世佳人》無關，有點離題，其實是顯示了中國觀眾對於好萊塢影片的「接受美學」中最重要的一環：好萊塢影片中的「煽情」傳統，恰是中國觀眾最喜歡的故事情

節，而歷史背景——特別是戰爭和內亂——當然更與近代中國人心有戚戚焉。《亂世佳人》在上海造成很大的轟動，原因更不同尋常，它早有五四新文學影響下的名翻譯家傅東華譯成文字典雅的中文，而且把人物姓名也「華化」了，讓它變成中國人的故事，而譯文發表和電影公演的時代恰逢抗日戰爭，故事的情節就更真切了：彼鄉土成了此鄉土，顛沛流離成了共同的命運，而片中的北軍侵略凌辱又可轉化為日軍侵華。這一切「偶合」也是歷史造成的。

最適切的比較莫不過於一九四七年的《一江春水向東流》，該片在上海公映，連映三個月，造成的轟動情況不亞於《亂世佳人》。更妙的是該片也分上下兩集：上集為「八年離亂」，下集為「天亮前後」，導演是有左翼傾向的蔡楚生和鄭君里。如果我們把這中西兩部巨片並置比較，就更有意思了。

以劇情而言，相似之處甚多，也是一家人的八年離亂，但女主角素芬雖有郝思嘉的堅忍性格，卻更像是美蘭妮似的賢妻良母。片中的交際花王麗珍，卻是一個城市人物，在重慶引誘了素芬的丈夫張忠良，後兩人在上海住在友人家，素芬卻成了女僕，最後還在受盡凌辱後投江自殺。這個煽情劇的背後當然含有當年左翼文人的一貫觀點：都市文化是罪惡的淵藪，把人性的「忠良」腐蝕殆盡，而鄉村才是淳樸價值的所在。然而《一江春水向東流》中卻沒有「Tara」和南方貴族文化，它所反映的鄉村永遠是窮困的。因此在日軍凌辱下生活和奮鬥，成了另一種受難經歷。

以人物而論，片中的張忠良更像衛希里，卻獨缺白瑞德這個人物。而兩個女角素芬和麗珍加在一起，也比不上郝思嘉一個人

克拉克・蓋博

的多面性格。此片很明顯地受到《亂世佳人》的啓發，但故事最終還是以「哭泣戲」（tear-jerker）收場，容不下一個浪蕩子和既忠亦奸的白瑞德出走。當然，在場面和細節上更無法相提並論。但難能可貴的是在上集的鏡頭構圖和場景調度上，導演又從蘇聯影片中得到不少靈感，表現出一種質樸和強勁，田中拉著牛耕種的一場戲，是明顯的例子。

記得在二十世紀八〇年代初，我有幸在柏克萊加州大學重看《一江春水向東流》，場中的華人觀眾看完後大多淚流滿面，而西方觀眾卻有不少人未看完就離場了。那當然是另一個時代、另一個地方，我的反響也很強烈，幾乎也感動得流淚，甚至事後還向美國朋友說：「這就是中國的 Gone with the Wind 。」但朋友卻一笑置之。

本文越寫越長，寫了不止四個鐘頭，甚至還學著賽茨尼克，一再「剪接」修改。但寫到尾聲，卻想到自己的另一段愉快的經驗：二十世紀八〇年代在芝加哥大學任教時，我因為研究魯迅而留了小鬍子，雖然我心在模仿魯迅的形象，同住在芝加哥的老友張系國的兩個小女兒，卻每次見到我必會大叫「Uncle Rhett」，竟然把我比做白瑞德。那是我一生中最得意的綽號。

然而至今連我這個「瑞德叔叔」也老了。

約翰・福特的西部史詩

　　我在新竹上中學的時代，學校管教甚嚴，不准週末以外的時間去戲院看電影，有時我為了不錯過一部名片（往往只在週一到週三演兩三天），竟會在下午上軍訓課的時候逃課，和一兩個同學偷偷騎車到城裡的國民大戲院去看。如果被時而在戲院門口巡邏的校方人員抓著，就會記一「大過」，三大過就要勒令退學！幸虧我幾次偷看電影都僥倖漏網。現在回想起來，真覺得當年有點膽大包天，更可見我對電影的痴狂程度。記得有一次偷跑出來看的電影叫做《自由萬歲》（Viva Zapata），描寫的是墨西哥革命家薩巴達的故事，他亦正亦邪，時而做大盜，時而領軍反抗政府，令我景仰之至。這可能也由於在當時國民黨統治下大家都被壓得喘不過氣來，想呼吸一點自由的空氣。《自由萬歲》這個名字也不知道是誰翻譯的，在當時，真是很切題。

　　另外一類令我覺得「自由」的影片就是西部片。在銀幕上看到一片無垠的曠野，一個遊俠騎著馬疾馳而來，到了鎮上酒吧，誰對他不好立刻就被他一槍解決了，真痛快淋漓！所以在初中時代，班上有幾個影迷同學也最喜歡裝模作樣地「比槍」，雙手插

《驛馬車》

在口袋裡，兩人對望幾秒鐘，然後煞有介事地大叫「砰砰」兩聲，兩手作手槍狀指向對方，當然覺得自己更快，希望對方應聲而倒。我有一個同學叫潘永壽，幾乎每天在午餐時刻都對我們大講電影故事，更喜歡接受挑戰比槍，他那副從容不迫的英俊模樣，我至今記憶猶新。

　　然而新竹中學也有它「自由」的一面，很注重人文教育，除了教學生合唱外，有時也會在學校大禮堂放映電影，記得在初一或初二看的第一部影片就是《驛馬車》（Stagecoach），約翰‧韋恩主演，看得我們這些年輕小夥子──新竹中學是清一色的男校──個個熱血沸騰，雀躍萬分。後來又看了另一部西部片，中文譯名已忘，只記得主題歌更好聽，而且最後還有一場槍戲，那個

患了肺病的醫生一面打槍一面忍著咳嗽，真實動人之至！多年後我在美國重看此片，才知道這就是大導演約翰・福特（John Ford，港譯尊福，似乎更傳神）的經典作品──*My Darling Clementine* (1946)，台灣譯為《俠骨柔情》。片中的那場槍戰在西部片歷史中也是有名的，曾被重拍過數次，主人翁 Wyatt Earp 和醫生 Doc. Holliday 據說都真有其人。

不知道為什麼我對此片情有獨鍾，至今已經看了不下四五遍。現在提起筆來分析，真不知從何談起，只覺得全片一氣呵成，絕無冷場，而且英雄人物之間肝膽相照的情操，表現得十分自然。故事一步步推向高潮，直到最後一場槍戰，把地主的四個壞兒子殺盡，剩下一個孤苦無助的老頭子自食其果，心中頓然有一股無名的激動。

❶

《俠骨柔情》的男主角是亨利・方達，他的氣質和演技都跟約翰・韋恩大相逕庭，一向是剛中帶柔的，即使後來在義大利導演里奧尼手下反串一個大壞蛋，也剛愎自用不起來。如果此片換上約翰・韋恩來演，或由後來重拍時的寇克・道格拉斯來演，味道就很不一樣。方達在此片中十分沉著，也十分收斂。

片中所有略帶突出的鏡頭和場景都讓給了飾演醫生的維多・麥丘（Victor Mature）。我一向對這個粗壯演員──他曾在《霸王別姬》中

《俠骨柔情》海報

飾演過大力士參孫──不敢恭維，在《俠骨柔情》片中他反而演
較「柔」（vulnerable）的角色，也不甚出色，但約翰‧福特顯然
在他身上花了不少功夫，所幸有亨利‧方達沉著應戰，以不變應
萬變。片中的反派角色──那個惡老頭──卻被 Walter Brennan
演得十分得心應手，在邪惡中仍見人性（他一向在約翰‧福特影
片裡演好人），遂為此片立下另一個「支柱」。因此在這兩個老演
員的平穩支持之下，麥丘雖仍顯得笨拙，但演技已較其他影片突
出許多。

　　《俠骨柔情》的高潮是最後的一場決鬥──這場「OK 牛欄
場」的槍戰，在西部史上是最有名的，當然也成了西部神話的塑
造者之一。然而，當我多年後看此片時，卻發覺這場槍戰的過程
十分簡單，雙方交手不到幾分鐘就解決了。為什麼我初看時覺得

如此驚心動魄呢？於是昨晚我把收藏的此片影碟拿出來，把這一場戲仔細再看一遍。

這是約翰·福特的經典手法的明顯例子：簡潔之中帶著快板的節奏，絕不拖泥帶水，也甚少用大特寫鏡頭（所以和李昂尼的作風相反，見後文）。然而在場景調度上他顯然匠心獨運，最傳神的是把驛馬車疾馳引得灰塵滾滾的場面插入槍戰之中，次序有條有理：先是一個驛馬車在荒野疾行的鏡頭，然後鏡頭移到亨利·方達和他的對手對峙的場景，當壞人正要舉槍射他的時候，驛馬車及時衝過來，於是壞人也在滾滾塵埃中被方達射殺。約翰·福特可以在這全部不到兩三分鐘的決鬥時間裡以光影、換鏡角度和驛馬車穿插帶觀眾進入高潮，真可謂是大手筆。我常常作此感嘆：在任何行業中「武功」最高的人往往在手法上也最簡潔。

《俠骨柔情》的片頭，第一個鏡頭映出來的是牛群，牛群的背後是一座禿山，這就是約翰·福特最喜歡也最常用的「大碑

《俠骨柔情》海報

谷」，這一個外景——在亞利桑那州北部——其實是由幾座聳立入雲的怪山構成，互相聯接，山前是一大片荒原，初看時很突兀，好像進入另外一個世界，和我們所熟悉的美國西部很不同。也許這恰是約翰·福特選中這個外景的原因，屢次採用，久而久之，這個「大碑谷」卻成了他的商

標——他的西部史詩中不可或缺的一部分。《俠骨柔情》中的牛欄槍戰的實際地點，本來與大碑谷相距甚遠，一南一北，但約翰‧韋恩故意把「OK牛欄」作為大碑谷的「前景」，把這個槍戰「神話」放在一個史詩性框架之中，這個「牛欄場」的地位也無形中增高了。

我所謂的史詩，指的是空間而不是時間，大碑谷的那幾座突兀的山是一種永恆的存在，山前是一大荒野，不知有多少輛驛馬車在此經過，還有紅番和騎兵隊，日復一日，年復一年，也不知有多少英雄好漢死在這個谷中（「一將功成萬骨枯」——這句古詩恰可做約翰‧福特的另一部影片 Fort Apache《要塞風雲》的寫照），這裡也不知道發生了多少可歌可泣的故事，這正是約翰‧福特的電影的意旨所在。在這種史詩性的影片中，其實故事情節並不重要，從何處開始都可以，總會被捲入這個大碑谷的浩瀚曠野之中。誠然，約翰‧福特的作品中有人物，而且個性鮮明（見下文），但在這種大背景的襯托下——特別是他們夾在騎兵隊的行列中馳馬奔騰，或被紅番圍攻時背地（或馬車）一戰的場面——連人物的「主體性」也無足輕重了。

我當年的捷克老師普實克（J. Prusek）曾把中國現代小說分成兩類——抒情式的和史詩式（the lyrical and the epic），前者以魯迅和郁達夫作代表，後者則以茅盾的《子夜》為例。我後來授課時，卻用西方電影作例子，抒情式的大師如伯格曼專注人物心理，幾乎不用大遠景的長鏡頭，而史詩式的代表人物當然就是約翰‧福特了，原因自明。後來的導演——如義大利人李昂尼——要向他致敬，也故意解構他的世界，但拍出來的依然是史詩，只

不過把約翰・福特片中寫實性的人物和場景更寓言化了。最佳的例子就是李昂尼的 Once upon a Time in the West（中譯爲《狂沙十萬里》），在拍此片時，李昂尼特別從西班牙的外景場地移師搬到大碑谷拍幾個鏡頭，以示向約翰・福特致敬。據說李昂尼在大碑谷拍此片時如數家珍，對於約翰・福特拍過的所有大碑谷鏡頭都瞭如指掌。

❸

西部片是大男人的世界，所以婦女的地位一向不高，往往只是家庭的一分子，或酒吧女郎或老闆，但約翰・福特一向保守，

瓊・克勞馥主演的《驚懼驟起》

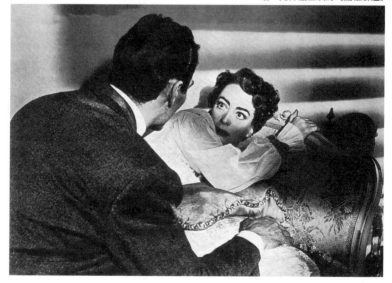

很少對後者著墨（尼古拉斯·雷的 *Johnny Guitar* 是此中經典，瓊·克勞馥把這個酒吧老闆娘演絕了），而往往只注重前者——家庭婦女。妙的是他處理這種強悍女性最精采的一部作品卻不是西部片，而是描寫愛爾蘭風土的《蓬門今始為君開》，其中的瑪琳·奧哈拉——她本是愛爾蘭裔——也把這個角色演絕了。所以我不得不向女性主義者告罪，談西部片就非談大男人不可。

約翰·福特的老搭檔當然是約翰·韋恩，《驛馬車》就是由他領銜主演，他至少演了不下二、三十部約翰·福特的西部片，但我偏偏不喜歡他，也許他本人的政治觀點太保守，使我不滿，但這並非主因。我覺得約翰·韋恩在早期的約翰·福特影片中只演一個硬漢的典型，沒有什麼大變化，只有偶爾在其他導演指導下才會演出硬中帶軟的一面，例如霍華德·霍克斯（Howard Hawks）——另一位西部片巨匠——的《紅河》（*Red River*）和《赤膽忠魂》（*Rio Bravo*）。約翰·韋恩和約翰·福特合作三十年，只有在《黃巾騎兵隊》（*She Wore a Yellow Ribbon*, 1949）和《搜索者》（*The Searchers*, 1956）中才顯露出他的「人情味」，這兩部戲，連帶早期的《俠骨柔情》，是我最喜歡的三部約翰·福特的西部片。

《驛馬車》海報

約翰‧韋恩飾演的西部片只有兩個典型：騎兵隊長或牛仔，偶爾也會屈居次席，如在 *Who Shot Liberty Valence*（《雙虎屠龍》）中演一個槍手，暗中保護詹姆斯‧史都華主演的律師，他在 *Fort Apache* 中則演亨利‧方達的副手，忍氣吞聲，任由方達飾演的耿直將軍引騎兵隊中了印第安人的圈套而遭殺害。但不論演何角色，他都是一條硬漢，幾乎不近女色，只和他的男性夥伴在一起，插科打諢，飲酒作樂。這一種西部男性硬漢的類型，可能與美國史上開拓西部的人物原型有關，但被約翰‧韋恩演了多次，當然也成了神話。

　　除去我的偏見，約翰‧韋恩的演技和造型還是可圈可點的，他走起路來並不像亨利‧方達那麼輕逸平穩，而是左右搖擺，手裡拿的槍也是以長槍居多，所以不像是一個勇於比武的快槍英雄，而且講話的聲音不變，雖然滿嘴俚語，但咬字還很清楚。後來在李昂尼《荒野大鏢客》（*A Fistful of Dollars*）中任主角的克林‧伊斯威特卻適得其反，台詞往往是從他口中的半支雪茄中傳出來的。

　　《黃巾騎兵隊》是約翰‧福特執導的所謂「騎兵三部曲」的第二部，而且還是彩色片，在這部影片中，不但約翰‧韋恩的演技發揮到了巔峰，而且大碑谷的形象更貫穿全片，其實是此片的真正主角。

　　這也是一部充滿了「輓歌」氣息的影片，約翰‧韋恩在片中老了二十歲，飾演一個即將退休的騎兵軍官，半頭白髮，但威風依舊，和他同演很多影片的維多‧麥拉侖（Victor Maglaren）更使出渾身解數，扮演一個愛喝酒的愛爾蘭士官，與約翰‧韋恩搭

配。妙的是此片幾乎沒有什
麼故事情節，女主角珍尼‧
杜露（Joanne Dru）雖然戲不

少，但仍屬點綴。全片中段
描述的是這隊騎兵巡邏到大
碑谷，見到幾具被印第安人
殺死的屍體，被追趕兩次，
然後偷偷回營的故事，現在
的年輕觀眾一定會覺得沉
悶，然而全片的菁華就在於
此。大碑谷無所不在，而且
從各種不同的視角出現，彩
色攝影把大碑谷的陰冷面減
淡了，卻加深了那股荒野之氣：土地都成了紅色，蔚藍的天空白雲
朵朵，瞬即又雷電交加，騎兵隊和土番在這個大自然的曠野中馳
來馳去，似乎都在表演一種古老的儀式，端的是好看之至！

　　也許因為我也臻入老年，所以更能體會「日薄崦嵫」的情
緒，而約翰‧福特更處處將之濃化，用了不少落日的大紅色，烘
托出一種老騎兵的光榮。這種拍法，恐怕只有約翰‧福特才能
「獨霸」，因為這也代表了另一種光榮——他為騎兵所寫的頌歌至
少也有十數部（他一生總共拍了五十四部西部片），於是在這部
輓歌中，他還特意用了旁白，把美國騎兵讚揚了一番。但我覺得
有點過頭，反而是片中的一場葬禮和一場約翰‧韋恩在亡妻墳前
獨白的鏡頭——兩場背後都是深紅的夕陽餘暉——感人至深。到

了這種至善至美的境界，也許一般導演就會罷休了吧，然而約翰・福特卻仍能再接再厲，此片之後，又拍了騎兵三部曲的第三部──*Rio Grande*，而最後到了《搜索者》才登峰造極。

❹

記得此片開拍的消息，我還是在新竹書攤上一本英文雜誌（可能是《時代》雜誌）中看到的，因為沒有錢買，所以匆匆記在心裡，回家就把這段消息摘譯投稿到《大華晚報》的影劇版，那個時候我還是一個高中學生，卻受到該報該版的主編蕭銅先生的賞識，沒有見面就照單全收。記得我用的筆名就是「李歐」，就這麼迷迷糊糊地作了「影評家」！蕭先生把我初中時期投的第一篇稿──關於好萊塢導演的簡介，約兩萬多字，介紹了近百位導演──刪掉了十分之九，最後在幾個月後才登出來。改名叫「西部片的大導演」，因此我遂和西部片結了不解之緣。

《搜索者》乃西部片經典中的珍品，我重看過數次，每次的感受都不同。記得初看覺得此片情節鬆散，而且把約翰・韋恩飾演的角色描寫得不近人情，反而和他搭配的傑弗利・韓特（Jeffrey Hunter）顯得有血有肉，最後在搭救作了印第安人的娜塔麗・伍德（Natalie Wood）的高潮時刻，挺身護妹，險遭他的叔叔（約翰・韋恩）槍殺。當時覺得約翰・福特在片中描寫的是一種親情，但不妥帖，而約翰・韋恩也演不出柔情的味道來。最近重看，感受卻完全不同。

也許是因為先看過李昂尼的《西部野史》後的影響，才發現

《搜索者》海報

該片開場抄襲的正是《搜索者》的開端——全家被印第安人襲擊的一場戲，而且一開始就有一種夕陽無限好的感覺，在第一個鏡頭中就展示了出來。似乎經過數年之後，約翰‧福特並沒有忘懷《黃巾騎兵隊》中的那股輓歌情緒，不過此次著眼點不在騎兵的塞外世界，而是住在塞外的白人人家，孤立無援，那股紅番來襲前全家的驚恐感，真像到了地球末日一樣。這一段戲被不少導演抄襲，除了李昂尼的《西部野史》（片中連鳥飛的鏡頭也如出一轍）之外，我還想到另一部哈里遜‧福特主演的間諜片 The Patriot Games（《愛國者遊戲》），片中最後高潮來臨時，父親把小女兒推出窗外的鏡頭，也似乎在照抄約翰‧福特的《搜索者》。

在此之前，另一位導演喬治‧史蒂文斯（George Stevens）曾拍過另一部經典名作《原野奇俠》（Shane, 1953），也是以一個西部原野中的家庭爲主軸，這顯然成了西部片中「家庭價值」的一個主要模式。相較之下，《搜索者》反而顯得更「前衛」，因爲《原野奇俠》中即時出現了一個俠客，保衛全家人幸免於難，但《搜索者》卻以全家被殺開始，再由另一個「奇俠」去搜索遺孤。當然劇本不是約翰‧福特寫的，故事也改編自一篇短篇小

說，但到了約翰‧福特手裡就完全變了樣子。

　　一開始，那個家庭主婦把門打開，照入眼簾的正是夕陽西下中的大碑谷，然後看到一個倦遊的親戚——約翰‧韋恩飾演的伊散（Ethan）——在闊別多年後回來了。伊散是一個典型的遊俠，不受家庭拘束；他又像希臘史詩《奧德賽》中的尤里西斯，但卻情節倒轉，先回到了家再出去搜索。這種史詩式的結構影響深遠，早有影評家如 Peter Keough 指出，他甚至認為後來的不少名片（如《星際大戰》和 *Hardcore*）皆受到此片的啟發。然而我卻認為這兩個男人——約翰‧韋恩和韓特，一叔一姪——在搜索親人的過程中，各自經歷不同的磨練，同一個場景，但兩人感受不同：年輕人對大自然的變化充滿了好奇和好勝心，而中年的叔叔卻有點「憤世」了——這一切都是他熟悉的景物（至少約翰‧韋恩在其他約翰‧福特的電影中曾多次舊地重遊過），但此次又有所不同，因為他有了一個新的使命——找尋他失蹤多年的小姪女。

　　在情節緩慢進展的同時，我逐漸感受到約翰‧韋恩表情中的急躁感：不是他演此種角色厭倦了，而是他演出這個特別角色的內心矛盾——其實，他並不希望找到這個姪女，而是更想報仇，然而這個報仇的心態卻又被姪子壓住了。美國影評人最喜歡說這是他的大男人性壓抑，我卻覺得這是一種無可奈何的英雄末路的寫照。片中並沒有一場最後決鬥，只不過是眾白人闖入紅人營地（恰在大碑谷下），打亂了印第

《安邦定國志》海報

安人的家庭秩序,而約翰‧韋恩飾演的狠心叔叔也為他的亡姊報了仇——把殺死她的紅人的頭皮割了下來!這個舉動並不夠英雄,因為紅人不是在決鬥中被殺的,而是在姪子韓特偷入敵營時被紅人發現,不得已槍殺的。這個結局已經暗示約翰‧福特對於印第安人態度的改變:由原來的劫掠者變成了「守成」者,而最後劫掠的卻是白人。這種態度的轉變,直到《安邦定國志》(*Cheynne Autumn*, 1964)才全部改觀,以紅人流離失所後安邦定居為故事,同情之心亦轉向紅人。

《搜索者》的最後一個鏡頭,是約翰‧韋恩把姪女帶回家後,卻不入家門而揚長而去(但沒有騎馬,也毫無英雄氣派),

約翰‧福特導演的《搜索者》

家門也適時關閉了。恰如鄭樹森在〈西部片——John Ford 與西部神話〉文中所說:「群體一方面需要英雄幫忙,但又對英雄始終有排拒和保留,他始終游離於家庭生活之外。*The Searchers* 中的開始和結尾部分,都表現主角長年在外流浪,很少有機會過家庭生活,他總是在家庭的門口之外。」

欣喜老友和我「英雄所見略同」,但鄭文廣徵博引,內容的理論分析層次更是深厚。僅以此文獻給老友,向他致敬,並為我們多年來各自觀影的經歷做個注腳。

李昂尼的「通心粉」西部片

❶

我初看《荒野大鏢客》時，只覺得它好玩，甚至荒誕得離譜：一個義大利不見經傳的導演李昂尼（Sergio Leone）請了一個不見經傳的美國明星克林・伊斯威特（港譯奇連依士活），在西班牙（拍外景）和義大利拍的一部廉價西部片，除了好玩之外，還有什麼藝術價值可言？不料最近——四十年後——重看這三部「通心粉」西部片（Speghetti Westerns）卻大驚失色，嘆為經典傑作，即使第一部戲《荒野大鏢客》仍有少許粗製濫造之嫌，到了第二和第三部—— *For A Few Dollars More*（《黃昏雙鏢客》，一九六五）和 *The Good, the Bad, and the Ugly*（《黃金

《黃昏雙鏢客》海報

三鏢客》，一九六六）——已經自成一體，不但塑造了一個冷酷無情的獨行俠形象，而且建立了一種新的西部片風格和美學。到了一九六九年的 *Once Upon A Time in the West*（《狂沙十萬里》），李昂尼的大師地位已經奠定，而且此片早已成為一個史詩式的經典。即使扯開一九八四年的巨製 *Once Upon A Time in America*（《四海兄弟》，一九八四）不談——此片在類型上已經不屬於西部片——這四部西部片早已打破以前所有西部片的模式，讓人不得不刮目相看，而且愈看愈精采。

《狂沙十萬里》劇照及海報

我在四十年後重新發現李昂尼，倒要多虧美國電視所賜，在美教書繁忙，晚間累了需要休閒調劑，所以養成了一個深夜看 AMC（American Film Classics「美國經典電影」）頻道的習慣。有一晚看到《狂沙十萬里》，覺得畫面出奇的雄偉，那場火車上偷襲的戲，就那幾個演員，怎麼處理得如此出色？後來趕緊又買了這個三部曲的 DVD 版來看，先從《黃金三鏢客》看起，覺得故事有點不連貫（後來才知道不少鏡頭被剪掉了，因為影片太長），但其中幾個美國內戰南北

兩軍混戰的大場面拍得出類拔萃。它不像美國人自己對歷史的看法，而是出自一個外國人的眼光，當然很不真實，但李昂尼竟敢挑戰美國人的這個「大傳統」，也實在令人驚奇。那場炸橋的戲可與《桂河大橋》媲美，但也同等荒謬。李昂尼借此表現出他的觀點：這長達四年的戰爭，除了勞民傷財之外，並沒有什麼好處，即使解放黑奴也不是這場內戰所能立即達到的後果。所以在李昂尼的視野下，兩軍在河邊打來打去，真如同兒戲，雖然還炸了一座橋。最後三個獨行俠所爭奪的還是埋在地下的財寶。他們出入疆場卻仍冷眼旁觀，真不愧都是「陌生人」，但最後卻要在墳地旁決鬥。

李昂尼籌拍第一部西部片時，片名就叫做《偉大的陌生人》（*The Magnificent Stranger*），不但覺得造型如此，而且整個的影片視野更是如此：這一種他所特有的陌生感，反而帶給美國人最熟悉的西部片一個新的活力，而這種粗獷的活力完全是由鏡頭和剪接構成，演員的演技並不重要（雖然克林・伊斯威特因此而定型，而李范克利夫也因演反角而走紅），因為他們只不過是布景的一種點綴，或原野中的幾個小人物而已，金錢和贓物也只是勾引他們利慾心的藉口。換言之，這幾個獨行俠，不論好人壞人，都是「大環境」的產物，像大海中的魚，森林中的野獸一樣。

李昂尼在西部片人物上的最大突破——也是最明顯的特色——就是他的影片中沒有騎兵和紅番的對峙，因此也把幾位美國導演大師——特別是約翰・福特——所樹立的榜樣一一打破。他再也不用紅番圍攻白人的驛馬車為高潮，也不再歌頌在原野落戶的騎兵如何英勇或沒落傷魂（後期約翰・福特的作品，見前

文），李昂尼的西部世界中的「群眾」看來都像墨西哥人。換言之，他早已「越界」把西部神話中的領土擴大了，也可以說是更「抽象」了──「抽象」的意義在此指的是把人物形象模糊化，甚至沒有什麼人，而只是荒蕪的小鎮，幾幢破房子死氣沉沉，好像從來沒有人住過，而這些尋贓或受雇殺人的「獨行俠」們早已置生死於度外，因為這個世界根本沒有什麼「人氣」！

明眼人皆知《荒野大鏢客》是黑澤明的名片《大鏢客》（Yojimbo）的翻版，但經李昂尼移花接木後人氣全無，和黑澤明原片中的日本鄉土風格大不一樣。因為李昂尼的世界本來就沒有「鄉土」，只有流浪漢，和少許嚇得不敢出門的墨西哥人，也許美國觀眾會問：這些墨西哥人到美國西部來幹什麼？穿的都是簡陋的衣服，頭戴草帽，連那幾個互相追逐的俠客也是穿著簡陋──克林·伊斯威特在前兩部片中似乎沒有換過一次衣服，也沒有刮過鬍子，只是不停地抽著燃了一半的雪茄菸。

這些人物造型上的特色，影評家早已論之甚詳。但對我毫不重要，我反而更佩服人物之外的場景和李昂尼的場景調度手法。

我覺得李昂尼的一貫手法是先用空鏡頭和長鏡頭，把空曠的「西部」先勾畫出來──甚至有點像陳凱歌的《黃土地》──再配上莫尼康尼（Ennio Morricone）的「招牌」音樂，把原來的空曠的氣氛變得更空，所以中文譯名中的「荒野」真是恰到好處。然而他又和福特的手法大不相同：荒野中既沒有驛馬車從遠處而來，掀起滾滾塵土，也沒有那座奇形而突兀的高山矗立在後，為馬車、紅番或騎兵隊製造一種壯麗的景觀。李昂尼的荒野真是蠻荒得很：雖然山谷起伏，或破屋一幢，但不見人影，只聽槍聲一

《荒野大鏢客》海報

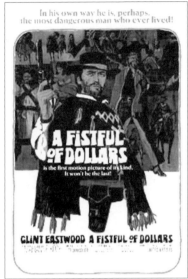 

響，遠處一個騎馬的人應聲倒下。這是第二集開始時的場景，比起第一集已經相當「陌生」（所謂「defamiliar」），因為我們還搞不清那個倒地的人是誰，也不知道是誰放的槍……然後，突然一個大特寫照著一本聖經，後面的人卻是第二主角——李范克利夫。到了第三集《黃金三鏢客》，開場的幾個鏡頭更陌生了：先是荒山的大遠景，接著突然有一個醜陋的人頭無端端地在鏡頭前冒了出來，接著又有兩三個人頭特寫，然後是一個不見人煙的荒鎮，這三個人在幹什麼？似乎要拔槍決鬥，待他們擁進酒吧大門卻聽見幾聲槍響，另一個人衣冠不整地跑出來——伊利·瓦拉（Eli Wallach）飾演的「丑」角——原來他殺了這三個人逃跑了。

這一個開端較上一部更離奇，甚至荒謬，也更達到李昂尼的

李昂尼導演的《黃金三鏢客》

「陌生化」效果。然而到了這第三部戲，他的風格也奠定了，那就是現今早已熟悉的大場景長鏡頭和面部大特寫（特別是眼睛）的交替，和由此而造成的緊張（tension）。然而每一個鏡頭似乎時間都很長，初看時很不習慣，因為它打破了美國西部片慣用的節奏——雖不慌不忙，但長短鏡頭運用適宜，使故事的敘述有條不紊。相較之下，李昂尼影片中的敘事手法是一段一段的，幾乎完全不依照普通影片中的時間觀念。所以他的每一部影片都很長，而且越拍越長：第一部一百分鐘，第二部一百三十一分鐘，第三部竟達一百八十一分鐘，後來的《狂沙十萬里》剪短以後也有一百六十五分鐘（原來長度在三個鐘頭以上）。

這種速度和長度，使我想起塞利比達克（Sergiu Celibidache）指揮的交響樂。他一向認為：音樂的節奏和速度並不重要，樂曲

內容的細節——特別是音符之間和樂器之間的空間——更重要，處理的細節愈多，也愈花時間！李昂尼的態度很相似，只不過音符變成了鏡頭，而鏡頭與鏡頭之間和每個鏡頭內的空間對他更重要。這說起來就有點費時了。

一般好萊塢的影片，鏡頭與鏡頭之間的轉換很容易猜得到：如先照兩個人講話，必於正面先拍一個人說話，再拍另一個的反應，再拍回第一個人。但李昂尼不同，他拍的人物不大說話，但卻加上甚多特寫鏡頭，轉來轉去，說話的聲音和說話者有時並不完全符合，而且在同一場景的處理上，鏡頭更多了，因此二者都呈現了一大堆空間，但卻並不和說的故事連串起來。我看多了以後，也忘記了對話，而專注於鏡頭的轉換，就像聽音樂一樣，不過我是用眼睛在看而已。而耳朵聽的莫尼康尼的配樂，卻十分單調，而且不斷重複，久而久之，就像魔術一樣受其迷惑。李昂尼影片中這種特有的音畫對位關係，使得他的影片十分耐看，看完第一遍後，就不必計較故事了，甚至人物也可以不管，乾脆看鏡頭，並從鏡頭的安置和轉換中悟出一大堆「道理」出來。至少，這是我走火入魔的看法。

我認為李昂尼的第一部《荒野大鏢客》是習作，背後有支撐——故事是源自《大鏢客》，但到了第二部他就膽子更大了。第一部戲的主角只有一個人——克林・伊斯威特演的獨行俠，到了第二部影片主角有兩個人，而且先介紹李范克利夫飾演的復仇者，甚至還加上一點人性和感情，並借此襯托原來主角的冷酷，或者可以說連獨行俠也為這個新人物所動。到了第三部，人物變成三個，各走極端，而且伊利・瓦拉飾演的「丑」角處處在搶戲

演，所以影片所需的時間非長不可，最後三人在墳地的一場大決鬥，我仔細算了一下鏡頭，從慢到快，從遠景到眼睛的大特寫，分鏡不下有六十個之多！但全部過程大概只有四五分鐘。

這種不厭其詳、精打細算的拍法，一向注重故事情節進展的觀眾可能會覺得很不耐煩，李昂尼太放縱了，這根本不是寫實性的西部片。然而，西部片本來就與歷史現實無大關係，它創造的是一個神話，李昂尼只不過把這個神話結構翻來覆去地審視，觀察入微地解剖而已。最後，他把布景「解」到最荒蕪、人物最「外化」（幾乎沒有任何內心活動），但鏡頭卻運用得最仔細繁瑣。我想原因無他，這個義大利人真的很喜歡看西部片，就像他喜歡吃通心粉一樣，百吃不厭（這段猜測，我是後來才在有關他的紀錄中證實）。他熟悉了這個西部片以後，才可以創新——將之變成自己的風格。

我認為《狂沙十萬里》至今仍是繼約翰・福特的經典作品之後最完美的西部片。我自從在電視中「發現」它以後，立刻租了影碟來重看，在返港後又買影碟再溫習了一次，妙的是我感到一次比一次更興奮。

這套兩張版的影碟的第二張，收集了三個紀錄片，我觀後更感慨萬千，紀錄片中有不少名人——如義大利的大導演貝托魯齊（Benardo Bertulucci），美國導演卡本特（John Carpenter）和米留斯（John Milius）——做解說，更有李昂尼的傳記作者和其他工作者

的證詞，十分精采。在觀後才知道這是他第一次踏足美國，特別到約翰‧福特影片的舊地——「大碑谷」，也就是前文提到的那幾座突兀的山——去拍攝，而且還第一次重用女演員克勞迪亞‧卡笛娜勒（Claudia Cardinale）。

如果說李昂尼的通心粉西部片三部曲是建立他特別標誌的經典片——並以此把好萊塢的西部片模型一點一點地挖空——的

《荒野大鏢客》劇照及海報

話，這部《狂沙十萬里》卻是向所有好萊塢西部片（特別是福特導演的作品）致敬之作，但依然保存了李昂尼自己的風格，並把它表達得盡善盡美。

片中保存了不少西部片慣用的場景——如火車站（向《日正當中》致敬）、田莊（向《原野遊俠》致敬）、酒吧（向《強尼吉他》致敬），當然還有約翰‧福特影片中的原野和山脈。但片中依然沒有騎兵英雄，紅番也不多，而三個男主角的造型和關係也和《黃金三鏢客》極為相似，只是多加了一個女主角，並以她為主軸，這當然算是一大突破。然而，更值得注意的突破是亨利‧方達的反派角色，方達自己（在紀錄片中）說他初時花了不少工夫化妝，意圖掩飾他「孩童式的藍眼睛」，卻不料李昂尼正看中

《黃昏雙鏢客》海報

他的天真無邪的藍眼睛，故意讓它暗存殺機，而且在影片開始不久就把一家人全殺了，包括一個男孩，這真創下一個「石破天驚」的紀錄，因為當年美國片——特別是西部片——有一個不成文的慣例：絕對不應面對面槍殺孩子，況且殺手是演過林肯的大好人——亨利‧方達。

如是看來，李昂尼還是故意要顛覆美國西部片的傳統——一邊致敬，一邊顛覆；一

邊務求各種場景和道具儘量符合史實，一方面卻創出較以往更殘忍的西部神話。

在前三部戲中，克林‧伊斯威特飾演的獨行俠是沒有過去也沒有將來的，但《狂沙十萬里》中的查理斯‧布朗遜卻有一段深藏在心裡的回憶，直到片尾才全部揭露出來，但在全片中早已一再用「晦鏡

頭」暗示，最後才弄清楚殺手的本來面目。這個陰暗的故事，可能與貝托魯奇參加編劇寫故事有關（但最後的劇本據說只有十五頁），因為貝氏畢竟是新浪潮派，注重人物心理，也不會把人性寫得如何善良。然而，布朗遜角色的內心隱祕的核心不只是他年幼時全家被方達所殺，而是最後處決其長兄手段的殘忍，在形式上它恰是《黃金三鏢客》最後一場戲的延伸。如果說在《黃金三鏢客》中開的是一個玩笑，在此片中卻是當眞的：長兄被上吊時，自己踢倒幼弟而死。

其實整個電影玩的都是死亡遊戲，連羅伯茲（Jason Roberts，又一個反造型的好演員）飾演的半小丑角色不但露出眞

《黃金三鏢客》海報

情（因此和《三鏢客》片中的丑角伊利·瓦拉不同），而且最後還是難免一死（甚至布朗遜演的正派主角，也被打得死去活來。此段後來被剪）。片中除了女主角外，幾乎所有的男人都難免一死，甚至在多部西部片中專演壞蛋的演員 Jack Elam，還加上一個在福特影片中演好人的黑人演員 Woody Strode，在此片一開始就被殺。李昂尼又在致敬之餘，開了一個不大不小的玩笑，似乎在說：上一代的壞蛋都死了，現在看我的！

　　最值得注意的，我認為還是該片的節奏。李昂尼對於節奏的掌握，至此已到了爐火純青的境界，他甚至先請莫尼康尼把音樂寫好——只有四段，每段描寫片中的一個主要人物，猶如華格納的歌劇——然後再照著音樂旋律的節奏去拍！也難怪我這個樂迷對此片如此著迷了。所以紀錄片中的導演卡本特說：這部影片就像一齣以西部為題材的歌劇，所以處處顯示出一種歌劇式的激情，甚至演員的一舉手一投足，都有點歌劇味，只不過他們沒有唱，而是不停地凝視，但背後的音樂有時卻喧賓奪主，為片中的動作制定各種旋律和節奏。

　　我突然又想起默片，李昂尼的這一套手法不是和默片很相似

嗎？有時默片的配音亦是如此──如弗里茲‧朗（Fritz Lang）的《大都會》，其中每一個主要任務皆有一個音樂主題。而且在像《大都會》這樣帶有「表現主義」色彩的默片，不但演員表情誇張，而且片中的特寫鏡頭也很長，和正常的時間不合。我又想到默片喜劇之王與卓別林分庭抗禮的基頓（Buster Keaton），他曾主演了一部名片《將軍》（The General），其中更是有不少火車開動和在車上打鬥的鏡頭，還包括一場炸橋的高潮。當然後來的西部片中這類鏡頭更是層出不窮，大概李昂尼（和他的編劇家之一貝托魯奇）都看過大量的西部片，因此要向所有的西部片致敬。後來聽此片影碟中的解說，果然如此。

現在連李昂尼自己也逝世了，他的那一套拍片手法也隨著他過去了，現在的觀眾不可能接受這種「慢調子」和大特寫，而現在的好萊塢再也拍不出經典式的西部片了。貝托魯奇說：李昂尼受好萊塢影響之後，卻為西部片創出一個新的世界，並以此獻回給好萊塢，重新帶動西部片的活力。然而，自從克林‧伊斯威特得獎的 Unforgiven《殺無赦》（一九九二）和凱文‧科斯納也得獎的《與狼共舞》（其實不算西部片）之後，至今我也看不到任何佳作出現。看來李昂尼的藝術真的成了絕響。

我的「卡薩布蘭加」

啊，我的卡薩布蘭加！

曾幾何時，我的青春美夢就消失在這個虛構的城市裡！曾幾何時，我一遍又一遍地在心中哼著那首主題歌的歌詞：「你一定記得，一吻就是一吻，一歎就是一歎，當時光流去……」每一次唱完，都感到胸中一陣收緊，鼻端一陣酸，眼淚又湧上來！又曾幾何時，在劍橋的那家破舊不堪的老電影院——「布拉陶」——的後座，看著銀幕上的彼德·勞瑞被追殺，槍聲響處，我也隨著戲院裡的一群哈佛學生喊著：「砰！砰！」——一共幾響槍聲來著？這個小問題竟然成了測驗你是否是標準《北非諜影》影迷的標準之一，當然還有片尾的那句話：「看來這就是一個很好的友誼的開始！」然後，飾演 Ricky 的亨弗萊·鮑嘉和飾演法國警官的克勞德·蘭斯在霧中揚長而去。

更曾幾何時，在那無數個孤寂的時辰，我形單影隻，在電視前自吊其影，眼淚汪汪地默視小螢幕上的亨弗萊·鮑嘉在車上擁著英格麗·褒曼。她的秀髮被微風吹動，輕拂著他的耳際，馬克斯·史丹納（Max Steirner）的音樂在他倆偎依的身影背後響起，

《北非諜影》

然後我又看到巴黎的凱旋門！我早知道這一段場景是影片拍完了又加進去的，似乎故意從回憶中——鮑嘉的？還是我的？——帶回一段初戀的甜蜜和心酸，真是「酸的饅頭」（sentimental）到底，但每次重睹都禁不住心神蕩樣，不能自已！

就這麼一遍又一遍地重溫這個舊夢，至少也有十幾次了吧！最後一次是前年攜妻到香港中環新開幕的那家專演舊片的新電影院，只有這次的感覺是溫馨的！妻也早已看過數次，所以此次是圓夢——當我倆共同進入「後中年」和「前老年」的時候，在「執子之手，與子偕老」之餘，還要共享《北非諜影》中的甜滋味。其實，我們在劍橋時，早已是那家戲院旁邊的餐館和酒吧的常客——所有的「哈佛人」都知道：為什麼那家中東口味的餐館名叫卡薩布蘭加，而隔鄰的酒吧必須叫做「藍鸚鵡」（The Blue Parrot）。即使你是初到劍橋的一位遊客，走進餐館看到牆上的壁畫——鮑嘉和褒曼竟然畫得維妙維肖——也就不難感受到這部影片的傳奇魅力了。

《北非諜影》完全是一部感性電影，雖有少許歷史根據（「二戰」時從歐洲逃亡到美國，的確有這一條迂迴曲折的路線），其實歷史只是一個藉口，甚至這個北非城市的外景也是在影棚中搭起來的。多年後我終於得償宿願，到卡薩布蘭加去旅遊，卻大失所望。但不要緊，反正電影是改編自一齣舞台劇，但在改編的過程中又加油加醋（在這方面，老友鄭樹森所知甚詳，可以如數家珍），但妙的是我偏偏喜歡這幾場加油加醋的段落：整個巴黎戀情的回憶據說也是後來加進去的，舞台劇原著中沒有此景，但電影的魅力令我對之終生難忘。

寫此文時，爲了再把我帶回到一個蕩氣迴腸的感情世界，我特意把一張郎朗演奏的拉赫曼尼諾夫第二號鋼琴協奏曲的音碟拿來在耳機上聽。在邊聽邊寫之餘，還是覺得不太對勁，於是又把此片的影碟拿出來，再看一遍。這一次我更放肆了，利用 DVD 的「選擇場景」鍵，立刻拉到回憶巴黎的鏡頭來。

　　鮑嘉坐在桌前，黑人鋼琴師走來問：你還不睡覺。鮑嘉要他彈那首曲子，「她受得了，我也受得了！」鏡頭轉到他面部特寫，然後溶入巴黎：先看到凱旋門，音樂的旋律從鋼琴奏出的時光之歌轉入《馬賽曲》，於是我看到她依偎著他，兩人的頭髮隨

《北非諜影》

《北非諜影》

風吹起，後面的場景也換了……於是，他們在房中共飲香檳，他問：「你是誰？從哪裡來？想什麼？……」她說：「我們不是講好不問問題嗎？」然後，他看著她——她那雙眼睛太動人了——舉杯向她說：「這就看著你，孩子！」（Here's looking at you, kid.）……德軍要進城了，街上的廣播首先說的是法文，後來又是德文，Ricky說：我的德文不大靈光了，Ilsa馬上翻譯（當然褒曼是瑞典人，一定懂德文，後來嫁給羅西里尼，當然也懂義大利文）：「德軍要進城了，你在黑名單裡面，趕快走吧！」「不，我們一起走，嫁給我吧。我們到馬賽就結婚！」「我還計畫不了那麼遠！」「那麼就讓車上的工程師為我們證婚吧！……」

「當世界正在崩潰的時候，我們偏偏選擇這個時候愛上了……」她深情款款地望著他，遠處的炮聲響了，「是大炮聲嗎？還是我的心跳聲？」她擁上前去，抱緊了他：「吻我，就好比這是我們最後一次親吻！」……下一場是雨中的車站。

到這裡我再也不忍心看下去了，竟然又覺得有淚水湧上眼角，又突然想到張愛玲的《傾城之戀》，真是異曲同工，說不定可以找當年的英格麗·褒曼來演白流蘇。范柳原呢？鮑嘉太老，我來演罷！當年的我還年輕，還不到三十七歲（片中 Ricky 的年

齡），但時光一轉，三十年就這麼過去了，如今鮑嘉和褒曼皆已作古，遺留下來的就是他那股半憤世半「酸的饅頭」的表情，還有她眼睛帶著淚光的笑容……記得在片中第一次他在自己的酒吧見到她時，鏡頭突然轉向她帶著淚光的雙眼，痴痴地望著他……就在那一秒鐘，我也感覺到自己的淚水湧了上來。這次又試了一次，仍然像化學作用一樣，效果如前！

怎麼人愈老愈更酸的饅頭？

心情逐漸平靜之後，我試著把自己的感情反應作理性式的分析，當然徒勞無功。為了研究一下此片拍攝的過程和背景，於是又打開影碟，按出此片的紀錄片來看，報幕的人是鮑嘉的愛妻洛琳·貝考爾，人老不珠黃，依然豔光照人。還有褒曼的女兒 Pia Lindstorm，再加上幾位當事人和編劇家講述，我這才發現原來片中巴黎回憶的片段只有音樂而沒有什麼對白，後來由華納公司的一個普通的編劇家補寫加進去的，以增強片中浪漫的情調，而我的感情卻被這位職業編劇家的生花妙筆任意玩弄了！

其實，《北非諜影》的成就並非完全得益於編劇人（共有三位掛名），導演邁克·蔻蒂斯更功不可沒。這位來自匈牙利的美國導演是當年華納公司的王牌主將，曾拍過《俠盜羅賓漢》等我少年最喜歡看的鬥劍片。在《北非諜影》中他一改以前的作風，以「文藝片」的手法來處理（而非偵探或間諜片），當然是因為劇本的性質不同。但我細察他的場景調度和鏡頭選用，發現他在處理酒吧裡的那幾場戲時，攝影機不停在移動（用 trolley shots），與武俠片無異，但令人感受不到它在移動，鏡頭與鏡頭之間的連接更是天衣無縫，特寫鏡頭的運用尤其恰到好處，所以在處理法

德人士互相對唱那場高潮時，觀眾的情緒和片中酒店中人的情緒很自然地融合在一起。這種手法，可說是當年好萊塢（特別是華納公司出產的）影片的「商標」：它的特色是讓人不知不覺地進入影片故事的境界裡，而不受電影技巧的影響。換言之，技巧是為劇情和演出服務的，而非如現今好萊塢影片一樣，處處突現技巧和特技。當年的好萊塢電影——特別是華納公司的黑白文藝片——所展現的世界，都充滿了一股世故（所謂 sophisitcation）的氣息。這當然與演員大多來自歐洲有關，但也不盡然，像英格麗‧褒曼這種歐洲氣質的明星，演此片女主角當然不作第二想；保羅‧韓瑞演地下領袖亦然，他那種文質彬彬的儀態，現在也早已失傳了。即便是亨弗萊‧鮑嘉這位道地的美國明星，在片中也展現出一種文雅的外貌，但內心的激情卻是美國式的。（幸虧沒有讓原定的二流演員——雷根——來演，否則風華盡失！）再加上那兩位搭檔得如天造地設的性格明星——彼德‧勞瑞和悉尼‧格林史區，一高一矮，把角色都演絕了。還有飾演警長的克勞德‧蘭斯，他原籍英國，但整個肢體語言都是法國式的。有了這種配合，才會有這種成績。

　　當年的好萊塢各大公司，每家年產五十部左右的影片，幾乎每週都有新片開拍，一部影片的攝製，從頭到尾最多也只需幾個月。這種大量生產（mass production）的方式原是資本主義的特色，演員、導演和製作皆屬各大公司的雇員，由老闆統籌分配拍片（邵氏公司在鼎盛時期也學這種好萊塢模式）。然而這種大工場的文化生產方式卻屢有佳作。那時尚無電影理論，所謂導演的「作家」論（法國人叫做 auteur）也是後來加給某些導演的帽子

——如約翰・福特、霍華德・霍克斯，當然還有希區考克。然而邁克・蔻蒂斯從來就不是導演中的「作家」，他和米高梅公司的茂文・李洛埃（Merryn Leroy）一樣，拍過各種類型的電影，成績斐然。《北非諜影》只是其中一例，他的其他佳作尚有：《俠盜羅賓漢》、《鐵血船長》（*Captain Blood*，埃洛・弗林主演的海盜片）、《輕騎兵》（*The Charge of the Light Brigade*）、《埃及人》（*The Egyptian*）等。

此片的製片人華勒斯（Hal Wallis）是華納公司的台柱，後來轉到派拉蒙公司當主管。《北非諜影》的製作，他也下了很多工夫，全片末尾的那一句著名的台詞——「路易，這是一個很好的友誼的開始！」就是他加進去的，還特別把鮑嘉請回來補拍這最後一個鏡頭。如果照目前好萊塢製作方式，這句話一定暗示要拍續集了，然而後來模仿此片的其他電影都不成功，就像每一個人一生只有一次初戀一樣，接下來的都不一樣，也不能重複初戀的滋味。《北非諜影》卻像是一個永恆的初戀情人，不但禁得起回憶，而且愈看愈動人。

憶《羅馬假期》

　　不久之前，到香港尖沙咀海運戲院看《長恨歌》的義演，經過該院的大廳走廊，竟然發現我心愛的影片《美人如玉劍如虹》的舊海報，接著又看到一張奧黛麗·赫本（Audrey Hepburn）的放大照片，更是欣喜若狂。老婆和我都是赫本迷，所以立刻叫我站在赫本旁邊拍了一張照片，幾乎是臉貼臉，親熱得很！不禁令我想到她的處女作《羅馬假期》（*Roman Holiday*， 1953，港譯《金枝玉葉》）。這部名片當年（二十世紀五〇年代中期）在台灣新竹的國民大戲院上演時，我還是一個高中學生，竟然在上映期間先後連看了六場，創下當時我個人觀影次數最多的紀錄。（另一部是《學生王子》，也是連看六場，後來這個紀錄被《北非諜影》打破。）

　　如今赫本和該片的男主角葛雷哥萊·畢克（Gregory Peck）皆已作古，他也是當年我最崇拜的男明星。撫今傷昔，到了我這個年紀，還找不到重溫舊夢的藉口？於是立刻從架上取下這部經典的影碟，在晚飯後與我妻共賞。看完全片，我妻早已眼淚汪汪，我也默然良久，怎麼一部喜劇片令我們如此感動？

奧黛麗·赫本

葛雷哥萊‧畢克主演的《梅岡城故事》

也許就是片尾那幾個鏡頭吧。

赫本飾演的年輕公主在羅馬訪問時偷出王宮，和美國記者邂逅，兩人共度二十四小時，最後返回王宮時——這當然是「仙德麗拉」（Cinderella）故事的現代「倒裝版」——兩人在汽車上依依難捨，赫本擁著畢克，在他耳邊悄悄地說：「當我離開你，會走到王宮門口轉角消失，請你即刻開車離開，不要望著我！」他照辦了。第二天上午，記者招待會結束時，公主笑中帶淚回望記者，人去樓空後，畢克最後離場，踏著大廳的大理石地，一步一步走出來，Georges Auric 的音樂悄悄響起，由弱到強，最後他還是忍不住回頭望了一眼，至此我已經心中悵然。

我猜妻子受感動的是擁別那一幕（拍的時候一直不能進入狀態，導演急得抱怨，赫本一嚇眼淚奪眶而出，這個鏡頭就一次拍成！）而我呢，當年看了六次，事隔半個世紀後再看這一次，就是為了「回顧」

《羅馬假期》

最後畢克走出來的那個鏡頭！當年看的時候，心中充滿著幸福的憧憬，有朝一日，我也要學畢克那種翩翩風度去闖蕩江湖，說不定也會遇到另一個「公主」，長得即使不像赫本，也要像葛麗絲・凱莉（Grace Kelly）──那個時候凱莉還沒有變成王妃。

這次重看這最後的鏡頭，當然更是感慨，時空相隔之下，竟成了三重回顧：片中的畢克回顧他失去的公主和二十四小時的戀情，我初看時在憧憬之餘回顧片中多場戲的韻味，而現在回頭看的不但是片中年輕的赫本和畢克，還有自己的似水年華，俱往矣！但我並不太

《羅馬假期》

傷感，也不想自戀，卻禁不住想到畢克逝世前不久在波士頓登台演講的場面。

他在波士頓 Schubert 戲院登場時，並非「隨片」，因為從頭到尾他就是主角。我買票進場，就是為了一瞻他的風采。他上台坐在一個高腳凳上，面露笑容，也不作任何開場白，就請觀眾隨意發問。我膽小不敢舉手，但心中的問題早就被另一位白髮女士問出來了，當然就是赫本和《羅馬假期》。

「Roman Holiday？Audrey Hepburn？」他不慌不忙地說，笑得似乎更開心了，於是就說出那段至今影迷都耳熟能詳的故事：該片拍成後，他堅持要這個初出茅廬也名不經傳的女明星掛頭牌，他自願屈居後座，因為他知道赫本必得金像獎，果然所料不差。但他說的另一個故事，我卻是第一次聽到：原來他的第二任妻子（法國人）當年也是在羅馬做記者，這位法國女郎還是單

身，畢克在拍片之暇打電話約她出外拍拖，鈴聲響起，她辦公室裡所有的女同事都聽到了。倒眞像仙德麗拉的故事：他早已是大明星，又剛剛離婚，白馬王子自天而降，兩人就此陷入愛河，但這個「羅馬假期」的故事卻以團圓終場：畢克娶了這位法國女郎，兩人恩愛彌篤四十多年，直到畢克逝世。

我想這部影片之所以成功，可能也和演員的心情有關。畢克和赫本演得十分自然，加上飾演攝影師的埃迪‧阿爾伯特（Eddie Albert）搭配，有場戲三人開著一輛小的汽車遊覽，畢克六尺之軀，從後座爬出來，令人忍俊不止。最有名的那場「誠實之嘴」的戲，也是一次拍成，連台詞和動作都是畢克臨時編出來的：他故意把手縮在袖口中，學的是當年笑匠雷‧斯基爾頓（Red Skelton）的一招。這些都是看後我在網上查到的資料。原來該片導演本來也不是威廉‧惠勒（William Wyler），而是喜劇大師弗蘭克‧卡普拉（Frank Capra），他臨陣退出，因爲怕被該片編劇特隆波（Dalton Trumbo）——當年是好萊塢黑名單上被列爲十大共產黨人士之一——所連累。我後知後覺，至今才明白自己爲什麼如此鍾愛此片的眞正原因，那就是：對白。

半個世紀前我看此片，聽得似懂非懂，只覺得 Ian McLellan Hunter（特隆坡的化名）的故事編得不錯，前後呼應，十分完整，但對白至今才全聽懂了，只差片中所引的那句濟慈或雪萊的詩，我還是聽不懂（對白中還提到了蔣夫人，想當年她也是風雲人物）。這部影片可能也是特隆波的開心假期，在平凡之中仍見功夫，除了引經據典外，還旁敲側擊地作時事諷刺。當然故事中男女主角不及於亂的情景，也要表現出來，以迎合電檢尺度。故

《羅馬假期》

事開始不久，公主到記者屋中睡覺，兩人分睡兩張「床」，卻妙趣橫生，導演威廉‧惠勒處理的手法絕不亞於曾拍過《一夜風流》（*It Happened One Night*）的卡普拉。

好萊塢的喜劇片有兩個輝煌的傳統：一是插科打諢以動作取勝的所謂「slapstick」喜劇片，一是以言談譏諷和風趣見長的「screwball」喜劇片（這兩個英文字都很難翻譯）。《羅馬假期》介於二者之間，卻更偏重後者，所以只以阿爾伯特飾演的攝影師作動作陪襯。片中只有一場舞會開打，卻不過分，並在不知不覺間帶出另一個浪漫喜劇片的小傳統：男女在度假的良辰美景中陷入愛河，當然往往以巴黎或羅馬做外景。這個浪漫喜劇的傳統中，真正出類拔萃的影片並不算多，赫本後來也演過幾部，以和加利‧格蘭合作的 *Charade*（《謎中謎》）爲佳。《羅馬假期》難能可貴之處，就在於不鋪張「金枝玉葉」，而在樸實的日常生活中找尋雋永情趣的所在，這是威廉‧惠勒的一貫手法，不過他從沒有用喜劇手法展露出來，這應該是第一部。

喜劇片的另一個要素就是節奏（pacing），可以用交響樂演奏的節奏變換作個譬喻：莫札特的交響曲如果節奏不恰到好處，則全盤皆輸，所以名指揮家祖賓梅塔曾說他有時出門散步時心不在焉，腦子裡想的就是某首莫札特交響曲的理想節奏速度！喜劇片亦然，動作式的喜劇節奏當然要快，言談式的喜劇節奏則要快慢變換適宜，掌握得好並不容易。只有名家如霍華德‧霍克斯才可

以令《女友禮拜五》（*His Girl Friday*）中的對話說得飛快，而把西部片如《赤膽屠龍》的調子處理得徐緩而從容，大師也！相較之下，惠勒只能算是巨匠，他擅長把握的是人情和現實生活，所以在處理衣食起居的細節方面煞費苦心。那場「床戲」，特隆波雖以語意雙關的絕妙台詞致勝，但畢克拿睡衣、換枕頭、拉床等鏡頭，也處理得天衣無縫。而一場赫本進房時在室外樓梯中走錯路的戲，簡直就是不動聲色的喜劇芭蕾舞。這類小鏡頭能夠拍得如此妙趣橫生，其他重頭戲就不必談了。所謂「細節」（detail）也是喜劇導演和演員所必備的，但在當今的好萊塢影片中，細節和節奏早已被誇張的動作鏡頭所取代，甚至連普通喜劇動作都覺得不夠，還要男女兩人拳打腳踢加開槍，務必把演員和觀眾搞得筋疲力竭始方休。如果《羅馬假期》現在重拍，那場舞會開打必定是重頭戲，然而你可以想像赫本和畢克揮拳舉槍嗎？赫本不是安潔麗娜・裘莉，她最多只能揮一把吉他，其效果反而動人心弦。

此一時也，彼一時也！現在喜劇片展露的是身體和金錢，當年卻是風度和語言，那也是一種藝術和文化。俱往矣，畢克、赫本，魂兮歸來！

「曲線式」的喜劇片：
《女友禮拜五》和《費城故事》

　　美國電影中兩種類型的影片最難懂：一是「screwball come-dy」，一是「film noir」。這兩個名詞翻譯起來都很困難，前者可以譯做「諷刺喜劇」或「社會嘲諷喜劇」，但都不確切。後者則是從法文而來，原意是「黑色電影」，但指的卻是黑夜中的都市和在其街頭偵察謀殺案的私家偵探。這兩種類型的電影也與二十世紀三、四○年代的美國社會現實密切相關，不懂英文或沒有在美國住過的人更難理解。我對這兩類電影也是後知後覺，都是二十世紀六○年代在劍橋的「布拉陶戲院」和「奧遜‧威爾斯戲院」（Orson Wells Theater，現已不存在）看的，但片中的英文往往說得太快，我有時也聽得一知半解，但看多了也不自覺地跌入片中的語境和氣氛之中。

　　為了寫這篇文章，我又買了一批這類舊片來看，不覺興味盎然，也感慨萬千，原因之一是這兩種類型都失傳了，而且永遠無法復活。即使在二十世紀六、七○年代重拍也不成，到了二十一世紀初的現今，好萊塢演員已經沒有說話的藝術，男女相爭時只

知道對簿公堂或大打出手，但不知如何妙語如珠地譏諷。美國本來有另一個「插科打諢」（slapstick）的喜劇片傳統，以動作取勝，祖師爺是卓別林和「冷面笑匠」基頓（Buster Keaton），這個傳統卻被發揚光大，流行至今，甚至傳到香港的成龍。而「黑色電影」的傳統則被龐德式的國際間諜片所取代。二十世紀七〇年代以後，跨國資本主義盛行，美國本土的私家偵探角色也不吃香了，只有把它「掛靠」在警匪片的類型中，但也失去了其「黑暗」的精髓。只有兩部影片——《霹靂神探》（*The French Connection*）和 *L. A. Confidential*（《洛城法網》）尚可一看，但主要角色已從私家偵探轉變為警察偵探。

俱往矣！兩種類型加在一起，損失卻不輕。

❶

說起諷刺喜劇，這個英文字 Screwball 原來指的卻是棒球，好的投手可以投出一種「曲線球」，轉個不停，一反投球的直線式常規。這種喜劇片亦然，也是不按理出牌，人物和故事都忙得團團轉，對話更是快得如閃電，但妙語如珠，從男女主角和一大堆性格獨特的配角口中說出來。最主要的關鍵就是男女相譏，對抗到底，但其實雙方都暗戀彼此，直到最後才知道或說出來。此種類型的社會諷刺，則是把貧富並置在一個富家人的故事中，或者用一種極世故的眼光把富人的生活方式譏刺一番，讓觀眾藉機得到一種異樣的滿足，因為二十世紀三〇年代初美國經濟不景氣，失業和落難的人不少，只能享受銀幕上的榮華富貴，但也可以調

侃這種不切實際的富家生活。

　　所以這個類型中必須有兩種必備因素：風流瀟灑的男女主角，和豪華富貴的場景，後者更像當年的著名雜誌《浮華世界》（*Vanity Fair*）中的圖片：汽車洋房，體面之至，男女都是衣裝華麗，似乎一天到晚都在開酒會。我最喜歡的兩部影片，剛好把這兩種因素發揮得淋漓盡致：一是《女友禮拜五》，一是《費城故事》（*Philadelphia Story*），皆是一九四〇年的出品。

　　昨晚又與我妻看了一遍《女友禮拜五》，兩人都被加利·格蘭的瀟灑造型和精采演技所折服，格蘭幾乎成了這類喜劇片的台柱和代表人物，正像鮑嘉是「黑色電影」的典型人物一樣。和他搭配的女演員中則以凱瑟琳·赫本（港譯嘉芙蓮·協賓）為第一人選，兩人合演的《費城故事》可謂珠聯璧合。《女友禮拜五》的女主角則由羅薩琳·羅素（Rosalind Russell）擔任，她在片中飾演一個女記者，乃導演霍華德·霍克斯想出來的噱頭。原劇名為《頭版》（*The Front Page*），主角是兩個男人——報社記者和主編，但霍克斯靈機一動，把記者換成女記者，並把兩人變成離婚夫妻，故事立刻就活了起來。這類喜劇片的另一個因素是離婚夫婦依然相愛，最後是丈夫把前妻再「掙」回來，以喜劇終場，《費城故事》全部故事即以此為主題。但在《女友禮拜

《女友禮拜五》海報

五》中這是一條背後的暗線，前景則是男女兩人的鬥智和採訪謀殺案凶手的不擇手段，也順便把市政府的主管揶揄了一番。

為什麼我看得眉飛色舞？因為片中的對話太快了，幾個人爭著講，聽還來不及，根本不夠時間看中文字幕（此片譯文不差，其他片中的譯文則錯誤百出，令人失笑之處甚多）。然而我邊看邊拍腿叫絕，導演的處理手法太妙了，也只有霍克斯可以搞得出來：他只用了兩個固定場景，主要是一間監獄旁的記者工作室，桌上放了幾部電話，使得女主角打來打去，忙個不停。然後再讓加利·格蘭進場，就更熱鬧了，他完全是用投「曲線球」的方式亂說一通，對不同的人說不同的話，隨便改口，但面不改色，喜劇表情全在臉上，把他前妻的未婚夫──一個老好人──玩弄在指掌之上，真是妙不可言。看了此片，我才恍然大悟：原來所謂「眾聲喧譁」──幾個人同時說話互不相讓──是霍克斯發明的，後來的 Robert Altman 只不過再加發揮而已。這種「眾聲」場面也最難處理，像歌劇中的重唱一樣，節拍必須互相配合，而且都是「活潑快板」（allegro vivace），越來越快，presto，presto，我不知不覺地指揮起來，這種快節奏給我的一時振奮感，竟將全天工作的疲勞一掃而清！原來老電影也可以養生，和莫札特的音樂一樣。

　　這個男女相識相爭的喜劇模式，一般論者把原型歸之於一九三四年的《一夜風流》（弗蘭克·卡普拉〔Frank Capra〕導演），主演的是克拉克·蓋博和克勞黛·考爾白（Claudette Colbert）。故事相當荒謬，描寫一男一女碰到一起，在一夜之間流浪的故事，兩人當然吵吵罵罵卻不覺陷入愛河。女主角是富家女，男主角卻是一個窮光蛋記者，因此貧富不均的主題也浮出喜劇的枱面。片中窮記者想在離家出逃的富家女身上打主意，寫一篇獨家

新聞，但鬥來鬥去卻被愛情鬥垮了。

俗話說同性相斥異性相吸，這句話以現在眼光看來，可能「政治不正確」，但在當年的喜劇傳統中，男女相吸必先相斥，這才能構成一種喜劇的矛盾張力，不可或缺，但最要緊的是誰操主動權。按理說，在一個資本主義的男權社會，富家男人定會主動操縱一切，但也不盡然。《一夜風流》中操主動權的是一個窮男人；《女友禮拜五》中看似男主編操縱一切，但真正有才氣有能力的是女記者，兩人似乎都沒有錢，而她那位做保險生意的未婚

考爾白（左）主演的《一夜風流》

夫，一心想結婚成家，卻被欺負到無地自容。貧富、男女、階級、性別，乃是目前文化研究理論的大題目，怎麼沒有很多學者研究這種喜劇片？原因之一可能就是內容「政治」不正確。如果把「女權主義」再加進去，就更不正確了，因為男女相愛的最終目的還是結婚，在這類片中，離婚是慣例，但男女離婚之後為什麼要復合結婚呢？

哈佛哲學系的名教授卡維爾（Stanley Cavell）就在這個題目上大做文章，他也特別喜歡這類諷刺喜劇。卡維爾認為「再婚」的主題，其實在諷刺的浮面背後是和解與再生，讓雙方都更了解「遲來的幸福」的人生意義；他更認為這類喜劇中的真正主人翁還是女人，特別是「離婚的女人」。西方喜劇傳統中本來就有「快樂的離婚婦人」（gay divorcee）這個流行角色（大概來自輕歌劇），但在這種「曲線球」喜劇中，這個離婚婦女卻要經歷多種考驗後才知道她的真感情，儘管男人可以主動操縱，但真正的過程還是權在於女性。至少，這是我從閱讀卡維爾的論文和張愛玲的《傾城之戀》（並在拙作《上海摩登》中引用）後，得到的一個結論。

這個結論，又在老電影《費城故事》中再現得到證實。

我看《費城故事》，至少看了三四次。第一次看是在台灣，看的卻是改編自此片的歌舞片《上流社會》（*High Society*），主演的葛麗絲·凱莉和平·克勞斯貝（港譯冰·哥勞斯比），外加

「瘦皮猴」法蘭克‧辛納屈，片中的主題歌十分動聽，凱莉更是風姿豔麗之至，她本出身於費城世家，所以演一個費城的富家女，頗為適合。但我初看時就覺得平‧克勞斯貝太老了，怎會贏得美人？而且凱莉的個性不夠刁蠻。後來看了原版《費城故事》，才從凱瑟琳‧赫本和加利‧格蘭的理想搭配和演技中感受到劇本的原意。

這個劇本寫得相當文雅，和《女友禮拜五》不同，所以需要兩位性格鮮明又不失風流瀟灑的男女主角。赫本和格蘭在此片中真是絕配，兩人在二年前的另一部喜劇片《育嬰奇譚》（*Bringing Up Baby*, 1938）中已經合作過，也是導演霍克斯的拿手好戲，竟然把一隻豹子（片中的「孩子」）帶上銀幕。《費城故事》由老手喬治‧庫克導演，他最擅長指導女明星，而赫本一向個性很強，格蘭演一個玩世不恭的紈絝子弟，在風流的外表中帶著一點嘲諷，遠較那位老歌星出色。

《費城故事》出品於一九四○年，而《傾城之戀》寫於一九四三年，我猜張愛玲必看過此片，甚至受其影響。兩個故事的主角都是一個離婚女人，但白流蘇卻不可能做到「風流寡婦」的地步，至少需要表面上矜持和含蓄，才符合一個半傳統中國女人的性格。《費城故事》的女主角自始就自我解放了，而且桀驁不馴，是一個自視甚高的離婚婦人，所以要駕馭她更不容易。格蘭這個角色具備了范柳原的所有條件，更是一個富家子，兩人門當戶對，不似《傾城之戀》中男女地位和境遇的懸殊。但兩個故事皆以婚姻為故事的主軸。

走筆至此，勢必還要再介紹另一位才子導演的作品：普雷斯

《費城故事》

頓·斯特奇斯（Preston Sturges）的幾部作品，如《夏娃女郎》
（*The Lady Eve*, 1941）、《蘇利文的旅行》（*Sullivan's Travels*）等，都
繼承了這個喜劇傳統，但更加上一層世故。《夏娃女郎》緊接
《費城故事》之後，可以說是「姊妹篇」，它為後者解決了一個難
題：如果一對男女離婚之後，雙方獨立生活都很愉快，為什麼還
要再婚？彼此的愛情不可能是主要原因（否則就成了浪漫喜
劇）。斯特奇斯的兩部影片，加進了貧富不均的問題，《夏娃女
郎》的女主角（芭芭拉·史丹妮飾）是一個窮人騙子，所以要引

誘富家單身漢（亨利・方達飾），《蘇利文的旅行》中的男主角就是一個導演，他的流浪（源自《一夜風流》）使他最後接觸到真正的窮人世界。《費城故事》中沒有貧窮，卻有用之不盡的「世故」——這個中文名詞可作兩種解釋：一種是閱歷和修養，一種是飽經世故後的「犬儒」（cynicism）——把一切都看穿了，但卻不願離開紅塵，所以冷嘲熱諷，憤世嫉俗。片中的男主角當然兩者兼具，而范柳原則略具前者，後者則不足。如果再把經濟條件放進去，我們更可以看出：出身於富家貴族（而非暴發戶），教養是自然的條件，閱歷和經驗也容易獲取，但冷嘲熱諷式的世故，則說來容易，做起來卻不是那麼簡單。

《費城故事》中赫本演的大小姐，教養和閱歷有之，但是真的夠飽經世故？她也照著影片模式，玩弄她的新未婚夫，然而片中又加進一個新的角色：詹姆士・史都華（James Stewart，港譯占士・史劍域）飾演的記者。這卻是一個不世故的窮人，來自中西部，他對於富家女的迷戀，恰好反映了美國東部富豪貴族和中西部中產階級或勞苦大眾的唇齒相依的關係，互相對抗也互相吸引，而不是階級革命，所以也有論者認為：基本上美國文化和好萊塢電影是保守的，和歐洲的藝術傳統不同。在此且按下不表。然而，這個記者和富家女的關係尚不到「一夜情」，而冷眼旁觀的卻是她的前夫，加利・格蘭把這個角色的複雜面完全顧到了：他的閱歷和世故，令得他不至於吃醋，而他的憤世嫉俗的一面（在片中前段表現得最明顯），卻因這個魯莽而天真的男子介入而軟化，令他更想把前妻追回來。他一方面冷眼旁觀，滿嘴諷言，但一方面卻在處處照顧這個富貴大家庭，使之不傾倒下來。故事

《費城故事》

中的叔叔早就有敗家子的樣子，老父親也在外拈花惹草，最後還是在婚禮前回來了。富家女一向與父親作對，此時也開始軟化。男女主角先有堅強的性格，然後才有軟化的本錢，所以這個故事和人物都十分完整。最終富人還是富人，富人的世界還靠富人支撐，如果窮人或暴發戶打進去，必會有不良後果，這是費茲傑羅（Scott Fitzgerald）的名著小說《大亨小傳》（*The Great Gatsby*，寫於二十世紀三〇年代）的主題。

　　此類影片中，除了有個性的人物、犀利的對話，和有錢人的家庭布景外，還有兩樣必備的物品：菸和酒，特別是烈酒和香檳，必不可少，它代表了物質生活上的世故習慣，也反映了美國長年酒禁後的心態。這個美國的飲酒社交習慣——空著肚子，拿著酒杯，在派對或舞會中走來走去，觥籌交錯中與認識或不認識的人交談——最難學，我初到美國時對於此道也不知如何應付，除了央求美國友人教我外，也向喜劇片中的人物模擬。在這方面，不論是《費城故事》中的赫本、格蘭、史都華，或《上流社會》中的凱莉、克勞斯貝，或辛納屈，都是我飲酒的典範！《上流社會》中有一場戲：老克勞斯貝和瘦皮猴把書房當做酒吧，飲將起來，飲得「高」了，兩人遂載歌載舞，最後手連手跳著走出來，精采之至，這是此片超越原典的唯一一場戲。

「黑色電影」三談

Film Noir

「Film Noir」這個法文名詞，原意直譯是「黑色電影」，指的是好萊塢二十世紀四〇年代出產的一種影片類型，片中的主題、人物和氣氛，都有一股陰暗的色彩（但卻是黑白片）。然而這種「陰暗」並不可怕，雖然故事往往牽涉到一個謀殺案，但更重要的卻是片中不可或缺的浪漫情調，主角和敘事者往往是一個窮困潦倒的偵探，但卻被一個金髮尤物（femme fatale）引誘而誤入歧途，差一點自身難保。

最近偶爾在坊間買到一張老電影的影碟：《愛人謀殺》（*Murder My Sweet*, 1944），大喜過望，原來此片就是「黑色電影」的開山經典之一，也是美國偵探小說家雷蒙·錢德勒（Raymond Chandler）筆下的主人翁菲力馬羅正式在銀幕上出現的第一部影片。但主演的明星卻是至今早已不見經傳的狄克·鮑威爾（Dick Powell），而不是我的偶像亨弗萊·鮑嘉。他演得十分賣力，而導

演 Edward Dmytryk 的功力也頗不凡，片中有一場主角在迷幻藥影響下的幻覺「蒙太奇」系列鏡頭，甚有創意。然而就是那位「尤物」令我失望，誘惑力不足，在最後關頭反而營造不出緊張的高潮氣氛。（看到此處，我買的那張廉價影碟竟然也發生故障，大煞風景，令我更加失望。）

於是找出另一部經典「黑色影片」——比利・懷德（Billy Wilder）導演的《雙重保險》（*Double Indemnity*, 1944），又看了一遍，大為過癮。

懷德早期導演的影片，特別注重敘事的言語——這「敘事」又有兩解：一是說故事的手法，二是說故事的人和他的主觀語調。《雙重保險》之成為經典，對我而言就是靠開頭的那幾分鐘的鏡頭：洛杉磯夜景，前景街頭有修路招牌，一輛汽車疾馳而過，氣氛已經締造出來了，這就是典型的「Noir」的氣氛。然後是汽車停在一幢大樓前，一個陰影走出來，看門的人認得他，觀眾卻不見其真面目，（這又是一「暗」），最後他走進電梯，到樓上辦公室坐下，拿出笨重的錄音機，開始口述經歷了，原來他就是謀殺案的主謀！這一個敘事者的旁白，貫穿了全片，把個故事講得十分生動。我邊看邊聽，看的是一連串精心營造出來的鏡頭，「聽」的卻是一篇甚為完整的短篇小說，原來和懷德共同編劇的就是錢德勒自己。

這種不斷作主觀旁白的敘事手法，懷德在《紅樓金粉》（*Sunset Boulevard*, 1950）中又發揮到了極致：竟然可以從浮在游泳池裡的死屍角度開始倒敘講起，堪稱一絕！後來台灣作家王禎和——也是一個影迷——寫過一篇小說，以死去的祖母觀點來敘

事，不知是否受到這部名片的影響。

「黑片」中的鮑嘉與貝考爾

對所有的影迷而言，看「黑色電影」就是為了看亨佛萊‧鮑嘉。這位性格巨星，長相並不瀟灑，卻有一股特殊的魅力。自從主演《北非諜影》之後，就變成了影迷的偶像。然而鮑嘉未成名時卻以飾演歹徒起家，特別是在 *The Petrified Forest* 一片中，他表現十分出色。後來又和華納公司的看家演員愛德華‧魯賓遜（Edward G. Robinson）搭配，演了幾部警匪片——當然「匪徒」是英雄，警察成了配角。往後，他逐漸走紅。

記得我看的第一部鮑嘉主演的「黑色電影」是《馬爾他之鷹》（*The Maltese Falcon*, 1941），地點是美國劍橋哈佛校園附近的「布拉陶戲院」。這家影院專演舊片，而且以各種方式——影片的類

《北非諜影》海報

型、主題、明星、導演——來安排，譬如每逢週五晚上必放鮑嘉主演的「黑片」，因此我可以在週末來此流連忘返，把鮑嘉看個飽。記得初看《馬爾他之鷹》時，覺得劇情有點撲朔迷離，弄不清那隻金鷹寶物是怎麼一回事，加以對話太多，並非每一句都聽得清楚。約翰‧休斯頓（John Huston）導演的影片，往往從對話和角色對比中表現出一種緊張，聽不懂對話豈不大煞風景？直到後來看了多次之後才看出味道來。

但當年我最喜歡的「黑片」還是 *The Big Sleep*（1946，中譯

貝考爾（右）主演的《逃亡》

名是《夜長夢多》或《大眠》），片中的鮑嘉演得格外賣力，原來女主角就是他的「愛人」洛琳・貝考爾（Lauren Bacall）。本片故事情節更曲折離奇，對話也多，但無所謂，我只要看貝考爾痴望鮑嘉的眼神就夠了，那股柔情蜜意，眞是羨煞我也。鮑嘉和貝考爾在銀幕上「生電」的另一部影片是 To Have and Have Not（《逃亡》或《有與無》），片中有句著名的對白，貝考爾向鮑嘉回眸一笑說：「你如果需要什麼，只管把你兩片嘴唇湊在一起，吹個口哨就行了！」我看到此處，眞想恭敬不如從命，不料戲院中早已口哨聲四起！

　　鮑嘉在這部《夜》片中飾演偵探，最初引誘他的尤物卻是故事中貝考爾的妹妹，是一個小「花痴」。但是眞正的尤物還是貝考爾，她沒有像此類影片中其他尤物一樣，把偵探幾乎置於死地，而是愛上了他。據聞此片拍完後又重拍了幾個鏡頭，使貝考爾顯得更嫵媚，當然也令台下的觀眾看得更過癮。這股愛意，從此片一路貫穿到 Key Largo（《蓋世梟雄》）和 Dark Passage（《黑道》），尤以後者爲佳，該片的前半部鮑嘉的面部並不出現，只聽到他的聲音敘述，直到主角整容之後，拆開紗布，鮑嘉在鏡中看到自己的面孔，貝考爾在旁得意地說：「嗯，不錯！」這一句評語又不知羨煞多少曠男怨女。

「黑色電影」的氣氛

　　「Film Noir」──或可以引用晶華苓的一本書名做個衍義：「黑色，美麗的黑色。」這「黑色」又不指顏色，而是氣氛，而

影片的氣氛當然大多是攝影機的產物。

「黑色電影」的氣氛只能展現於黑白片中，因為只有黑白片才能表現光影對照（chiaroscuro）的效果，這種光影效果又以攝影時如何打燈為要，此中學問大矣，我非專才，豈能胡言亂語？只能從影迷角度來窺測。

《馬爾他之鷹》中的尤物，由瑪麗・亞斯托（Mary Astor）飾演，她並不性感，幸虧該片的攝影技術不錯，燈光絕佳，往往自上而下，照出她的一雙玉腿。《夜長夢多》的氣氛，則是通過窗簾和濃霧營造出來的。在此二片中，室內場景甚多，所以擺飾的家具又以各種燈和燈罩為重點，有了燈罩，才可以把室內的氣氛調和出情調來，這在「黑色電影」中屢試不爽，因此也往往用夜景：到了晚上才能開燈！但室外的外景鏡頭更是如此：深夜中的城市，街燈在黑濛濛的街道中閃閃發光，遠處傳來警車的警笛聲，鏡頭由遠拉近，接近中景的某個黑影，然後我們就知道有件謀殺案發生了。

處理這種氣氛的大師是弗里茲・朗（Fritz Lang），這位國際影壇的大師，曾以默片《大都會》（*Metropolis*, 1923）奠定經典的地位。二十世紀三〇年代他從德國逃到美國後，拍了不少影片，屬於「黑」片的也有幾部傑作，尤以四〇年代的 *Scarlet Street*（《紅街》，1945）著稱。這部影片的故事中沒有私家偵探，講的卻是一個退休的公務員受一個美女欺騙的故事。愛德華・魯賓遜在片中擔綱主演，一反硬漢常態，變成了一個好人，兩人之間的關係看來令人十分難受。好在全片的氣氛堆砌高人一等，燈光的選用更是出類拔萃，所以有位影評家認為此片是「最憂鬱、最黑

暗」的影片之一。弗里茲・朗還拍過一部同一類型的作品，*The Blue Gardenia*（《藍色夜合花》），氣氛營造得也甚出色，還配以黑人歌星納京高（Nat King Cole）唱的主題曲，歌曲甚為動人，至今難忘。片中的女主角是珍・泰妮（Gene Tierney），卻是一位黑髮尤物，曾演過不少此一類的影片，*Shanghai Gesture*（《上海風雲》，1941），*Laura*（《羅蘭祕記》，1944）——這一年好萊塢出

弗里茲・朗導演的《大都會》

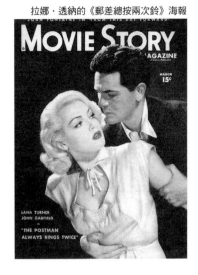
拉娜・透納的《郵差總按兩次鈴》海報

產的「黑色影片」特別多，可能是歐戰尚未勝利在望，人心惶惶的原因吧）──但我最喜歡的尤物卻不是她，而是拉娜・透納（Lara Turner），她在《郵差總按兩次鈴》（The Postman Always Rings Twice, 1946）中演一個小餐館的老闆娘。片中老闆娘和年輕的情夫串通謀殺老年丈夫，其中霧中山崖的高潮，直看得我失魂落魄，除了氣氛之外，還是靠這位貨真價實的金髮美女。她和飾演情夫的約翰・加菲爾（John Garfield）在海灘戲水的兩場戲，那股壓抑在緊身游泳衣內的幽幽慾情，直把那個莽漢逼得七竅生煙，我想當年的男性觀眾也會在窺視的過程中慾火中燒吧，甚至恨不得衝上銀幕把她按在沙灘上⋯⋯拉娜・透納真可說是「熟」透了的尤物！

　　二十世紀七○年代以後，好萊塢重拍了不少此類影片，但沒有一部是成功的。我認為這不成功有兩個原因：一是演員，年輕一代的明星沒有一個韻味十足的尤物，更沒有像鮑嘉這樣「有型」的私家偵探。另一個更重要的原因就是彩色本身，無法表現黑白片中的光影對照下的氣氛。差強人意的只有一部：Body Heat（《體熱》）──而此片恰是《郵差總按兩火鈴》和《雙重保險》兩片合在一起的翻版。導演兼編劇 Lawrence Kasdan 是一位頗有學識的文人，所以劇本寫得不錯。最值得珍貴的是他把此片的背景

換到夏日的佛羅里達，因此身內和身外的熱氣（本片的原名）恰好互相印證。又加上爵士樂薩克斯風獨奏的配樂，更增強了性感的氣氛。看過此片的影迷當會記得影片裡男女主角做愛前的場景，那段迫不及待的「高潮」也只有八○年代美國性解放以後才能拍得出來。我至今還記得：這個尤物穿的是白色上衣，下加鮮紅的短裙。

　　然而，「黑色電影」拍到這個地步，也快變成「黃色」了，當然也無所謂「黑色」了，因為原來的「黑色」浪漫定義也完全被身體、金錢和赤裸裸的性慾所取代。

驚魂又迷魂：希區考克

　　我收藏的老電影影碟最多的是希區考克（Alfred Hitchcock）的作品，至少有二三十張。不時會把個人喜歡的拿出來重溫一番。影碟的好處是不需要從頭看到尾，可以選擇精采的片段而跳著看。所以我把這位「懸疑大師」的作品大致分為兩類：一類是我第一次看完就不想再看的，一類是看完後又再看其中的精采片段的，（當然還有少數影片，我即使重看數次也是從頭看到尾的）。如以這種分類法，我可以撇開第一類不計而只列第二類，視為經典，即使如此，至少也包括下列作品（大約以出品前後為序）：

　　《三十九階梯》（*The 39 Steps*）一九三五

　　《老太婆失蹤》（*The Lady Vanishes*）一九三八

　　《海外特派員》（*Foreign Correspondent*）一九四〇

　　《蝴蝶夢》（*Rebecca*）一九四〇

　　《美人計》（*Notorious*）一九四六

　　《火車怪客》（*Strangers on a Train*）一九五一

　　《懺情記》（*I Confess*）一九五三

《電話情殺案》（*Dial M for Murder*）一九五四

《捉賊記》（*To Catch a Thief*）一九五五

《擒凶記》（*The Man Who Knew Too Much*）一九五六

《後窗》（*Rear Window*）一九五四

《迷魂記》（*Vertigo*）一九五八

《鳥》（*The Birds*）一九六三

《北西北》（*North by Northwest*）一九五九

英格瑪・褒曼主演的《美人計》

希區考克的晚年作品，從 *Marnie*（一九六四）、*Torn Curtain*（一九六六）到 *Topaz*（一九六九），我都不喜歡。而他早期在英國拍的不見經傳的作品，我尚在檢視中，偶爾也探到珠玉，但目前仍言之尚早。

❶

《驚魂記》（*Psycho*）——它一向被所有影評家視為經典中的經典——卻是一個特別的例外。我在半個世紀前第一次看後，至今不想從頭到尾重看一遍，因為它帶給我一個不太愉快的「驚魂」回憶。

當年（一九五九）我還是台大三年級的學生，帶了我初次約會的女友去看，以為可以培養情緒，縮短我們之間的感情距離，不料看到珍妮李在浴室被謀殺的鏡頭，女友就倒了胃口。到了片尾高潮，老「母親」回頭一轉，露出一個骷髏的猙獰面目，女友和我都嚇壞了，哪裡還有什麼情緒可言？如今當年的女友已經去世多年，回顧前塵，意興闌珊。但為了授課的需要，只好再買來一套此片的 DVD，鼓足勇氣馬上按到浴室謀殺的那一場戲，不到一分鐘就完了，一點都不驚恐。難道是多年來暴力影片看多了，我已經習以為常，不再敏感？然而珍妮李的半裸身體（其實一部分是替身）依然動人，令人想入非非，而當年我反而把這股慾念壓抑住了。想到此處，不覺訝然失笑。

這場戲只有四十五秒鐘，但有七十個分鏡頭，足足拍了七個工作天。這一次我好整以暇，重複細睹數次，才發現這個水龍頭

噴出來的浴水大有苗頭；珍妮李飾演的這個女子，剛剛離開情人出走（片子一開頭就是一場床戲），深夜來到一家旅館，形單影隻，又作何想？裸體淋浴其實就是一種慾潮奔放的象徵，然而她的面部表情卻有點失落，甚至也沒有什麼笑容，為什麼？

　　看完了淋浴謀殺鏡頭，我意猶未盡，再看影碟附帶的解說。珍妮李已經人老珠黃了，她說希區考克並不太像其他導演一樣，仔細指導她演戲，而只是教她隨著攝影機的移動而走動。原來如此，這就是希區考克的攝影機美學，早期的影片只把外在的現實攝入鏡頭，而希區考克卻以鏡頭來重塑現實。這一組浴室的謀殺鏡頭，幾乎是一系列超現實動作的組合，像是——其實就是——一組蒙太奇，也是一場音畫的組合，伯納・赫曼（Bernard Herrmann）的配音，以小提琴的刺耳尖聲代替了女主角的尖叫，而尖刀殺入女人肉體——好一個性慾強暴的符徵——的聲音也幾乎被精采的畫面蓋住了。

　　這一個視覺上的震撼，在當年還了得？甚至在美國，女性尚未解放，性的壓抑和禁忌，令希區考克束手束腳，當然無法「寫實」，甚至不能用彩色拍攝，否則太逼真了，觀眾可能受不了。因此他執意用黑白攝影，也更增強了恐怖的效果，甚至把所謂「黑色電影」的傳統也打破了，他不必用明暗對照或陰影重重的氣氛來襯托謀殺情節，因為浴室中燈火通明，連浴缸的簾子也是半透明的白色。

　　據聞幾年前另一位美國導演（Gus Van Saint）又重拍了這部影片，依照希區考克的原來鏡頭依樣畫葫蘆，我沒有看，當然更不想看。但不知這場浴室謀殺鏡頭是如何拍的，是否較原版更大

膽？是否也拍了女主角死後玉體橫陳在浴缸裡，和她的那隻大眼睛？還有血水被沖到浴缸洞口的鏡頭？有一位理論家（Slovoj Zizek）認為：這個鏡頭把我們帶到影片後半部的另一個世界。

希區考克也真大膽，竟然在《驚魂記》故事進展還不到一半就把女主角謀殺了，珍妮李被飾演她妹妹的維拉·梅爾絲（Vera Miles）所取代，而片子前半段的主要布景——現代汽車旅館——也換成精神病患者（戀母情結）所住的古舊的樓房，這是一幢當年恐怖小說或恐怖片中所常見的「哥德式」（Gothic）建築的縮影，令人不寒而慄。記得四十多年前初看此片時，到此處女友就嚷著要離場，後來我們還是勉強看完，早已胃口倒盡。

此次重看，後半段我只著重一組鏡頭——高潮初起時那個偵探上樓突然被殺，驚惶失措跌下樓梯，真是精采！

樓梯（或階梯）鏡頭在希區考克片中也常見，它是製造懸宕所必備的道具之一，但在《驚魂記》中不但令觀眾驚破了膽，而且更展現了一種「特別視角」。希區考克自己和影評家津津樂道的就是當偵探被刺跌下樓梯的時候，鏡頭是怎樣剪接的？因為看

來那個偵探身體有點飄飄然，而且鏡頭一直對著他——特別是面部的血跡和驚恐的表情。理論家又可以就此大作文章了。有人說這是一種「上帝視角」，從上向下俯視，而偵探跌落前那個狂老婦（男主角進入自己死去了的母親角色）殺他的鏡頭，似乎是從屋頂往下拍的，爲什麼採用這個角度？有何深意？除了「上帝視角」之外，還有什麼深意？

　　我不是理論家，也不是拉康（Lacan）派的心理學家，無意從此中探討任何心理「深層結構」，反而覺得此次重看《驚魂記》卻治癒了我自己的一個「心理病」：我不再驚恐了，也從當年壓抑的氣氛中解放了出來，重看這些鏡頭覺得是一種享受，但還是不敢看那個死去母親的骷髏頭。

　　和《驚魂記》恰好相反，我第一次看《迷魂記》就迷上了，後來我買的第一部影碟也是此片，甚至因爲此片而愛上了舊金山，我每次重遊此城就會想到《迷魂記》。

《迷魂記》

　　《迷魂記》的節奏很慢，開始的二十分鐘甚至有點沉悶，但從詹姆士·史都華開始跟蹤金·露華（Kim Novak）之後，就漸入佳境。這種「佳境」完全是希區

考克精心營造出來的：他把舊金山的實景逐漸變成「虛景」，讓觀眾隨著男主角進入一個幻想的世界。然而希區考克營造幻想的方式卻和現今的導演賣弄特技不同，而是把一個個的畫面和鏡頭連接安置得恰到好處，再配以伯納‧赫曼的音樂，真的令人步入迷津。我認為影片前半部的高潮是那棵千年老樹，男女兩人在樹前數著年輪，心中湧起陣陣漣漪，樹上的年輪引出了慾望的波紋，也象徵了一種感情上的漩渦，使得男主角陷入而不能自拔。接著是海邊擁吻的一場戲，背後的海浪更表現了「慾」潮澎湃，這是全片最性感的鏡頭。

我心目中的性感，當然大半也得自女明星金‧露華的誘惑力。她在這部影片中真把這兩個個性完全不同的角色演繹了，前半部她雍容華貴，一頭金髮，甚至髮型也令這位跟蹤她的偵探想入非非（希區考克自己似乎也一向特鍾情於金髮女明星），竟然誤以為她精神分裂。她跳水自殺，他即時救起，遂對她由同情而生愛意。我初看時完全被故事所吸引，當看到影片中段的鐘樓謀殺時，不禁為這位美人誤死而嘆息。卻未料到她又出現了，一頭棕髮。完全變成另一個人，於是我更「迷魂」了，完全認同男主角的觀點，又開始迷戀這個棕髮的金‧露華。她那種既輕浮又楚楚動人的表情，在好萊塢女星中可謂獨一無二，但令我著迷的卻是故事中她逐漸對偵探產生的愛情。

從情節的結構而言，故事剛好分成前後兩半，不但前後輝映，而且更把後半段變成前半段故事的「後設敘述」（meta-narrative），而偵探在回憶前情的時候也不斷反思自己，並由此解破案情，所以當兩人驅車到原來的鐘樓的時候，他早已成竹在胸，但

仍然無法挽救這一場悲劇。情節的「必然性」使我想起昆德拉在小說《生命中不可承受之輕》中開始的銘言：人生是不能重複的，如果能夠「再來過」的話，這輕也變得重了，或者反之亦然。不論孰輕孰重，對一個人感情上的打擊還是很大的。《迷魂記》表面上是一個謀殺的故事，但骨子裡說的卻是感情和心理。它讓我想起希區考克的另一部最初令我著迷但後覺失望的作品：*Spellbound*（《意亂情迷》）。這部影片的問題就在於把「著迷」完全置於心理層次，甚至把葛雷哥萊·畢克（港譯葛利哥里柏）和英格麗·褒曼飾演的角色都變成心理醫生，片末還加上一場類似「超現實主義」（如布紐爾的《一條安達魯西亞犬》）的夢境，再用心理分析解釋一番。對於「後弗洛伊德」的觀眾看來，未免太過簡單了。《驚魂記》最後一段關於分裂人格的解說同樣失敗，形同畫蛇添足。

所以我覺得《迷魂記》成功的最大功臣，除了希區考克之外，就是編劇，還有就是作曲家伯納·赫曼的配樂，真可以作為一首交響音樂詩來聽，而且十分抒情。赫曼是一位怪傑，雖在電影界享有盛名，但仍鬱鬱不得志，沒有受到音樂界應有的尊重。他在《擒凶記》快結尾的高潮時現身說法，指揮他為此所作的合唱交響曲 *cantata*，可惜只有幾分鐘就被一聲槍響結束了，令我十分失望。但該片其他情節則十分緊湊。

❸

如果說《迷魂記》是一部情感電影（a film of sentiment，但

一般影評家並不作此想），《北西北》則是希區考克所有作品中
最好玩（playful）的一部。

希區考克也曾「玩」過不少喜劇片，如《哈利的煩惱》（*The
Trouble with Harry*）和《捉賊記》，前者不甚成功，後者則幸虧有
凱莉和加利‧格蘭支撐大局，凱莉的豔麗風情足可令所有的觀眾
傾倒，所以故事情節的單薄也不用計較了。《後窗》亦然，史都
華吻著她不放，真是羨煞人也，我看得入迷，哪裏還管得著對樓
的謀殺案？至少我的反應是如此。

然而《北西北》完全不同，一開頭加利‧格蘭就像個大孩子
一樣被人愚弄──當然也甘願被導演玩弄於指掌之中。妙的是他
的演技倒也有自嘲，似乎陪著片中的那幫壞蛋在玩，而後，又迷
迷糊糊地碰上了聯邦調查局的金髮女間諜伊娃‧瑪麗‧仙（Eva-

Marie Saint）。伊娃・瑪麗・仙在此片中雖然比不上金・露華和凱莉迷人，卻也風情萬種，特別是在火車上初遇格蘭的那場戲，她做足媚功，我每看到此段就會得意忘形。所以我認為《北西北》從頭到尾就是一場喜劇。希區考克在晚年時喜歡開觀眾的玩笑，譬如在他主持的電視連續劇節目中，每段開始他都會現身說法，對觀眾說幾句話，故做驚嚇狀，此片亦然，從頭到尾都咋作驚恐，其實觀眾早知道男主角不會死的，遲早都會脫離險境。

但這個逃脫險境的過程卻是高潮迭起，而且還包括那場荒野麥田飛來「殺機」的經典鏡頭，實在精采。我數次重看，才發現希區考克手法的妙處。如照現今影片的尺度來衡量的話，這段戲的節奏還是很慢，但卻使這位「懸疑大師」有足夠的時間和空間來製造懸念。他先以幾個大遠景的鏡頭烘托出主角的險境──他

《北西北》

一個人在荒無人煙的路上等巴士，對面來了一個人，兩人隔路相望，場面十分滑稽，但整個背景卻造成一種存在主義式的孤獨絕望的情境，或者更應該說是在平庸的背後暗藏深意。當然，這層「深意」出自我的主觀印象，其他觀眾大概不做此想。這就像楚浮訪問希區考克時問了不少有「深意」的問題，大師卻不置可否或一笑置之一樣，經典影片和經典文學類似，它可以讓不同的閱覽者「讀」出不同的深意來。

希區考克對於這場戲的處理，功力全在於場景調度和鏡頭的安排上，不但有條不紊，而且達到了一種平庸中暗藏驚險和怪誕（uncanny）的效果：初看時誰也沒有注意到天邊噴射殺蟲劑的小飛機是殺人利器！這一場戲後來被無數影片模仿，只不過小飛機換成了直升機。

《北西北》的另一個特點則是和《迷魂記》相通的，其中都含有一股情慾：《迷魂記》中似乎情多於慾，而《北西北》則是慾多於情，但這股情慾表面上看來也是輕描淡寫，或者可以說被壓抑在加利·格蘭的紳士舉止和衣著之中。此片中他衣著整齊之至，直到麥田逃亡一場戲才弄髒了，所以當女主角在芝加哥酒店叫人為他洗衣燙衣時，兩人的愛情已經流露了出來。這種既含蓄

又大膽的手法（片尾火車進站的鏡頭，任何觀眾都會明白它指的是什麼），也是希區考克的看家手法。

　　不少研究希區考克作品的學者都討論到他影片中被壓抑的「性」意識，在《北西北》中幾乎暴露無遺：對冷若冰霜的金髮女郎的痴迷（fixation）和（希區考克本人）對母親的反感（但在片中又被母親玩弄），是希區考克心理上的兩大特徵。也有論者認為他本人對於性問題也是壓抑的，即使如此，也反而使得他的影片更生動。我不願窺人隱私，只想從希區考克的作品本身來探討情慾問題。如果說有形式上的「壓抑」的話，則更可證明希區考克在其所有影片中都特意「控制」鏡頭，務求畫面的完整無瑕，而很少用快速跳接或慢鏡頭（其實表現得是極快的速度，被現今的港產武打片所濫用，好萊塢也學香港，用到令我生厭！）希區考克曾經說過：他拍影片，實際的攝製過程是很悶的，因為他早在拍片之前把每一個場景和每一個鏡頭都安排好了，因此與王家衛的作風恰恰相反。也許這位懸疑大師就是一個「控制狂」（control freak），他要控制自己影片中的一切，特別是片中的女主人公，猶如《北西北》中詹姆斯・梅遜（James Mason）飾演的奸人，他溫文爾雅之至，卻能控制一切，直到最後失控時才勃然大怒，原來自己竟然被心愛的金髮情婦所出賣了。這一場戲也極精釆，後來被吳宇森在《MI2》（不可能的任務 2）中模仿（也向另一部希區考克影片《美人計》偷來賽馬的一招）。

　　這也讓我在重看時想到安東尼奧尼的傑作《無限春光在險峰》（Zabriske Point），這位義大利大師對於情色的描寫較希區考克當然更大膽，但兩人對於冷酷畫面的控制手法則如出一轍。在這兩部

影片中都有一幢現代的房子，孤立在山坡（《北西北》）或沙漠（《無限春光在險峰》）中，它代表的是什麼？研究安東尼奧尼的人當然可以大做文章，探討「現代性」背後的荒涼意義。但對希區考克而言，這幢山坡上的房子只不過是一場獨特的布景，它為最後山頂石像上的驚險鏡頭作鋪墊。我認為這才是希區考克（這個英國人）向美國觀眾開的最大的玩笑：蒙大拿山峰刻出來的幾個石像都是美國歷史上的偉人——如華盛頓和傑弗遜——但卻讓男女主角和一個奸人（後來飾演電視劇 *Mission Impossible* 的主角）在上面打來打去，尊嚴盡失。這個噱頭也只有希區考克才想得出來，不知他在事前計畫拍攝時作何想法？真是可笑。讓男女主人翁在哪位偉人的鼻子上摔一跤，又驚險、又好玩，看來痛快之至！也忘了影片裡的詹姆斯‧梅遜竟然乘私人飛機揚長而去。

❹

每一個「希區考克迷」都會滔滔不絕地道出自己永懷忘不了的鏡頭，我當然更是如此。且試列下我最忘不了的鏡頭，供各種「希迷」作參考。

＊《北西北》中的麥田殺人及山頂逃生。
＊《驚魂記》中的淋浴謀殺。
＊《擒凶記》中的那場音樂會，特別是鏡鈸手剛舉起樂器敲出來的大特寫。
＊《後窗》開頭的公寓各景，雖無驚險，但在構圖技巧上

是一大創舉。

* 《蝴蝶夢》中從汽車後鏡中反照出來的古堡住宅。
* 《海外特派員》中的雨中謀殺高官和風車內外的鏡頭。
* 《鳥》中的群鳥偷襲，第一場氣氛最佳。
* 《火車怪客》中的那場網球賽。
* 《電話情殺案》中那把剪刀，當初拍的是 3-D 式立體電影：那一把剪刀就在你面前！
* 《懺情記》中的雨後庭園和加拿大魁北克的街景，其抒情程度僅次於《迷魂記》。

　　至於《迷魂記》，除了開場那二十幾分鐘悶戲，幾乎沒有一個鏡頭不美得令人難忘。

大衛・連的文學經典

　　提起大衛・連（David Lean）的作品，影迷們一定會想到《桂河大橋》（*The Bridge over the River Kwai*）、《阿拉伯的勞倫斯》（*Lawrence of Arabia*）和《齊瓦哥醫生》（*Dr. Zhivago*）之類的巨片，我亦不例外。事隔二三十年，我對於這些大片的一些場景記憶猶新：《桂河大橋》中英兵吹著口哨行進到俘虜營，《阿拉伯的勞倫斯》中浩瀚無邊、紅日當空的沙漠奇景，《齊瓦哥醫生》中的雪景和那一場大地回春百花齊放的草原鏡頭，都令人難忘。

　　然而在影評人或電影理論家眼中，大衛・連至多不過是一位「巨匠」（great craftsman），而非像希區考克一樣是個「作家」（auteur）。兩人同是英國人，但後者的地位一直如日中天，而大衛・連卻似乎一蹶不振，他後期的作品如《雷恩的女兒》（*Ryan's Daughter*）和《印度之旅》（*A Passage to India*）無論票房或口碑皆不理想。投資大的巨片一旦失敗，影響甚巨。但在影迷印象中，大衛・連似乎只會拍大片而不能拍小片。

　　其實不然。早在他在好萊塢以大片《桂河大橋》贏得數項大獎之前，他已經在英國拍過不少「小片」，成績斐然，而且充滿

文藝氣息，因為其中的名作皆是出自文學名著，改編自狄更斯原著的兩部名片：《苦海孤雛》（*Oliver Twist*）和《孤星淚》（*Great Expectation*）更是此中的佼佼者。我在看過他的大片之後，最近才看到他早期的小片，不禁被片中的人物和鏡頭震驚不已！去年農曆元旦，和我妻子玉同看《苦海孤雛》，不禁對大衛・連由衷地敬佩。片中全是活生生從狄更斯小說裡冒出來的人物，亞歷・堅尼斯（Alec Guinnes）飾演 Fagin 一角尤其傳神，開頭我竟然沒有認出來：羅勃・紐頓（Robert Newton）飾演的 Sykes 更是精采萬分，無懈可擊，他們讓我忘記是演員而真的以為是維多利亞時代的人物，又把我帶回到大學時代閱讀過的狄更斯小說世界。

這一次寶貴經驗，讓我領悟到一個極簡單的道理：大衛・連其實是導演中的小說家；人物和故事是他作品中的兩大要素，然後才是大場面。相較之下，希區考克反而對人物個性的刻畫顯得不耐煩，而對故事情節的要求也只不過要配合片中的幾場驚心動魄的場面和鏡頭。

大衛・連影片的另一個特色就是注重感情，甚至後來還有點「煽情」（sentimental）。這不禁令我想到另一部他的早期作品《邂逅》（*Brief Encounter*），劇本是名戲劇家諾爾・考華（Noél Coward）寫的，說的是一個有夫之婦在車站遇到一個中年男子而生情的故事。兩個演員的相貌皆甚平庸，說的是典型英國口音，而且舉止也有一種英國人的拘謹。然而卻看得我感動萬分。也可能是影片開頭中的那段古典音樂——拉赫曼尼諾夫的第二號鋼琴協奏曲——的感染，那股哀怨的調子和片中的現實場景構成恰如其分的「張力」，使我覺得大衛・連在骨子裡還是一個浪漫主義者。據說

《孤星淚》

諾爾・考華所寫劇本《邂逅》

此片一出，在英國社會引起很大的爭議，有人說故事的主題不道德，但婦女觀眾的反應卻十分強烈，似乎都希望在無聊的現實生活中有一段浪漫的邂逅，也有的婦女更認同片中有夫之婦的境遇。

大衛‧連還拍過另一部小片《豔陽天》（Summertime），以水城威尼斯做背景，浪漫得無以復加，竟然讓一個老處女（老年的凱瑟琳‧赫本飾）愛上了一個風流倜儻的義大利中年已婚男子，當年的義大利紅星羅森諾‧布拉西（Rosano Brazzi）剛好派上用場。但該片的真正明星應該是大衛‧連，他故意營造畫面，把威尼斯的良辰美景展露無遺，濃得化不開，使觀眾頓生「美人遲暮」之感，這種感覺是一般導演無法處理的，但大衛‧連卻可以不露痕跡地說故事，也把人物溶入美麗的場景中──用了不少夕陽西照的鏡頭，令人擊節。

我也很想重溫另一部大衛‧連的舊片（坊間還找不到）《雷恩的女兒》，事隔多年，我依稀還記得男女主角在愛爾蘭海邊騎馬的鏡頭，沙灘的後面是峭壁，莎拉‧蜜爾絲（Sarah Miles）的七情六慾也被渲染得有如怒潮澎湃。也許，大衛‧連在此片中太過用心堆砌氣氛了，人物和故事本身並不複雜，也不能令觀眾感動，因此失敗。然而我還想重看，因為我記得初看時體會到大衛‧連的真情。

❷

真的打動觀眾心弦的還是《齊瓦哥醫生》。這部巨片在一九

六五年公映時，並未受到影評家的青睞，但票房紀錄鼎盛。我第一次看時也不那麼感動，但前晚重看時卻不然，心情甚激動。也許人老了感情上更「酸的饅頭」，也可能是這套新購的「修復版」影碟在四十二吋的電視螢幕上真正「複製」出來原片的魅力，更可能是此片讓我想到童年時代的戰亂和中國老電影——如《一江春水向東流》——中的主題：悲歡離合，竟然令我感受到另一種親切。一口氣看完這部長達三個多鐘頭（201 分鐘）的影片，我禁不住喟然長嘆。想當年我父母那一輩人在抗戰時期也是那樣戀愛和結婚的，帶著子女，顛沛流離，不知將來是生是死。最令我感動的就是齊瓦哥醫生全家坐火車逃難的鏡頭，那場爭先恐後擠上簡陋不堪的車廂場面，我自己就親身經驗過！

大衛・連在和他的老搭檔 Robert Bolt 商量如何改編這部文學名著的時候，就堅持故事的主線是愛情，而不談政治。當時還是冷戰末期，原作者巴斯特納克（Boris Pasternak）得到諾貝爾文學獎而被迫拒絕，消息轟動全球，而改編後的影片卻只敘兒女情長，男主角一無個性，令我失望。後來才知道，飾演齊瓦哥醫生的奧瑪・雪瑞夫（Omar Sharif）是被迫不准「表演」的，大衛・連要他不作任何誇張表情，然後觀眾才會感受到全片的情緒！真是匠心獨運，也只有這位巨匠才會拍出這部史詩出來。

我心目中的史詩小說原型就是托爾斯泰的《戰爭與和平》，我曾看過金・維多（King Vidor）導演的版本，但與《齊瓦哥醫生》相較之下仍嫌遜色，因為金・維多不能夠把情和景完全融為一體（雖然我妻看此片時也十分感動），而大衛・連卻做到了。片中的鄉下老屋在冰雪遍地中屹然獨立，齊瓦哥在午夜燭光下寫

詩，聽著遠處的狼叫，使我想起我的父親——他是一位音樂家，年輕時候也喜歡讀詩。在戰亂之中父親還寫日記，後來以《虎口餘生錄》爲名在台灣出版。

此片中的故事何嘗不也是「虎口餘生」？大衛‧連在場景的布置上煞費周章，甚至還特別到芬蘭北部補拍了幾個齊瓦哥在雪中逃亡的鏡頭，我猜就是爲了捕捉這種「餘生」的感覺。而「虎口」呢？當然是革命和內戰，其實中俄兩國的近代史有很多相似相通之處，然而，中國導演拍內戰時卻只顧到「解放軍」的英勇或國民黨將軍的壯烈成仁，卻沒有深入描寫小知識分子在受難中的心態和感情。張藝謀的《活著》也只能照顧到農民——它似乎是中國現代文學上的永恆主題。

然而俄國文學之可貴之處，就在於它來自十九世紀以來的「知識分子」的傳統，《齊瓦哥醫生》也繼承了這個傳統。大衛‧連之所以能在這部影片中大展所長，就是把他多年來從英國文學名著和自己的風格特色中悟出來的道

奧瑪‧雪瑞夫主演的《齊瓦哥醫生》

理，完全注入這部影片之中，可謂是他的登峰造極之作。我深受感動的另一場戲，就是鄉下大地回春的一景，使得這動盪不安的一家人有了一個棲息之地，那是又一種劫後餘生的感覺，是和離亂的心情息息相關的，所以大衛・連為拍此景不惜在地上種了幾千朵花！後來張藝謀拍《十面埋伏》中的一場愛情戲，也在馬其頓的原野上種花，但看來不倫不類，僅是一個大場面而已。

大衛・連的史詩巨片中的大場面多是異地的外景：錫蘭的叢林（《桂河大橋》），《阿拉伯的勞倫斯》中的中東沙漠，還有《齊瓦哥醫生》中的西班牙原野，真可以假亂真，與俄國本土無

大衛・連導演的《桂河大橋》

甚差別。此次重看時我特別注意到寒風中的白樺樹和樹葉漸落的樹枝，色彩特別動人，後來才知道都是幕後美工特別染出來的。大衛・連和維斯康堤一樣事無巨細，都一概統籌，而且堅持己見。其中有一場莫斯科車站的戲，飾演齊瓦哥未婚妻的裘拉汀・卓別林（笑匠卓別林之女）從車上下來，穿的是一件粉紅色衣服。她事後說自己最討厭粉紅色，而該片的服裝設計也建議用白色，但大衛・連還是堅持用粉紅色，因為顏色襯托出來的是她喜洋洋的心情──戰爭尚未爆發，革命還未開始，一個俄國貴族女子尚有青春的憧憬。這和內戰爆發後全家人衣著破舊不堪的情景恰成對比。

這一切的細節都是導演精工雕繪出來的，拍大場面時尤重細節──這也是大衛・連影片的另一個特色。細節也可淪為瑣碎，喬治・庫克在《寶華尼車站》（該片以印度為背景）就在場景調度上用了太多細節，人物的性格被突出了，但歷史的大背景卻受忽略了。大衛・連又是一位歷史小說家，他的大片都與歷史──特別是近代史──有關，但他又是英國人，英國知識分子中不少對俄國歷史和文學有興趣研究（如 Isaiah Berlin）。但形諸英國文學是一回事，搬上銀幕又是一回事，標準的英國口音──如亞歷・堅尼斯飾演的齊瓦哥兄弟──再也不會令我信服，俄國人說話──特別唸詩──時特有的腔調就表現不出來了。記得初讀《齊瓦哥醫生》時特別喜歡小說後所附的「齊瓦哥」所寫的詩，讀來愛不釋手。那個時候我還在學俄文，想像中的聲音更完美（當時我看的也是英文譯本），連帶影響到我觀影時的心情。所以看片頭堅尼斯想認出她的姪女 Rita Tushingham 時，這兩個英國演

員我看來看去就是不像俄國人，而飾演齊瓦哥的情婦娜拉的茱莉·克麗斯汀（Julie Christie）也不像，總覺得她缺少了一股俄國味，倒是飾演奸商的美國演員洛·史泰格（Rod Steiger，他演技一向誇張）有幾分神似。

此片雖是大衛·連的藝術巔峰，但我猜他心目中最得意——但公映後卻甚失意——的作品，應是他最後的一部影片《印度之旅》。這部影片的原著—— Forster 的小說——早已成了文學經典，但也爭議不斷，因為故事說的是印度和英國殖民主義者。從目前「後殖民理論」的立場看來，這部作品——從小說到電影——的主題都是「政治不正確」，和《阿拉伯的勞倫斯》不相上下，此處不能從學理角度評論。然而我又認為它之所以成為經典，自有其內在的原因，況且有資格把這部英國名著搬上銀幕的導演，非大衛·連莫屬。如果由一個「被殖民」的印度導演來掌舵〔如《四羽毛》（*Four Feathers*）的新版〕，反而會矯枉過正。

大衛·連不但是此片的導演，而且還身兼編劇和剪接二職，可謂投下全部功力，但影片發行後，反應卻毀譽參半。芝加哥名影評人 Dave Kehr（現在《紐約時報》）就認為此片大而無當，把印度景色描寫得太美，還比不上另一部舊片《黑水仙》（*Black Narcissus*）表現得更入木三分，然而另一位影評人 Roger Ebert 卻大讚此片有詩情畫意之美。我覺得兩人看法皆有偏差，因為他們掌握不住英國人（大衛·連和福斯特）對於這塊前殖民地所特有的矛盾感情。這部影片的主人翁不是那兩個貌不驚人的英國女人，也不是殖民心態十足的英國男人——飾演英國教師的 James Fox 是唯一有同情心的例外人物，但演得不好——而是那個被誣

告強姦的印度醫生，那位印度演員 Victor Banerjee 眞把他演繹了！他那種不敢高攀白人卻又有想討好白人的心態，使我想起「後殖民」理論名家侯米巴巴（Homi K Bhabha）的名句：「想白卻不夠白」（white but not quite）的「模仿」（mimicry）姿態。然而大衛‧連又把這個角色賦予相當成分的正面形象和「主體性」，他內心的不安恰表現在他行爲的急躁上，那股急躁也引起

了被壓抑的英國女人的慾望，所以在片中的高潮——瑪拉巴山洞前的一幕——兩人的心理掙扎也達到頂點。然而，這個印度男人卻並非如某些理論所言，對白種女人想入非非；其實適得其反，所以在影片後半段法庭審訊中，印度律師就一語道破了：如果印度男人比這個白種老處女還好看的話，難道仍會對她有非分之想？

《阿拉伯的勞倫斯》

大衛‧連把福斯特原著中的曖昧性簡化了——他不但推翻了殖民者的偏見，而且把它倒轉過來，似乎想要表現另一種「反殖民」的看法：就像《阿拉伯的勞倫斯》一樣，不論英國殖民者如何威風，到頭來還是會被阿拉伯的浩瀚沙漠或印度人的喧囂聲所淹沒，最後的勝利者還是被殖民地的「鄉土」。

妙的是片中最後一段——事過境遷後英國教師到喜馬拉雅山畔重訪印度醫生的場景，鏡頭出奇的美，真是詩情畫意。這是大衛‧連故意經營的一種「淨化」（catharsis）作用：他不斷地用雨水的意象來洗淨當事人的靈魂，終能在事過境遷之後使兩個主要人物——英國教師和印度醫生——超越一切世俗偏見，達到一種純淨的友誼與諒解。但大衛‧連也並不樂觀，因為在片尾印度醫生的信中說：他知道再也不會見到這個英國朋友了，「東還是東，西還是西，二者終不會再相逢。」

我記不清原著小說的結局如何，事隔二十年（該片發行於一九八四年），我竟然也把這段「淨化」的情節忘得一乾二淨。（是否原片上映時被剪？）看來我非要到書店去買一本《印度之旅》來重讀不可。也許，這恰是大衛‧連的偉大之處，他的史詩式的影片不斷在提醒我們：他的電影藝術最終來源和依歸仍然是文學「經典」。

人生難以承受的輕
——重看楚浮電影雜憶

❶

　　昨晚又看了一部楚浮導演的老影片：《最後地下鐵》（*The Last Metro*）。妻看了一半就有點不耐煩似地到臥室看書去了，留下我一個人在客廳，眼睜睜地望著螢幕上凱薩琳·丹妮芙（Catherine Deneuve）的儷影。她是我成年以後最崇拜的女明星，我痴痴地瞪著她——依然嫵媚，風情萬種。然而幕後的楚浮似乎有點疲倦了，導演手法不但沒有什麼新意，而且他著名的過場戲和空鏡頭也顯得有點堆砌，在影片的前半段無法推展劇情，甚至對於片中劇院裡的各工作人員的描寫也顯得有氣無力。難怪我妻抱怨說：「唔知佢在講乜fi·！」（不知他在講什麼！）

　　我一邊看，一邊嘆息：是楚浮衰呢？還是我老呢？抑或是楚浮的那個時代真的過去了？而我們現在看電影的口味早已改變得太多而令我無法重拾舊時的情趣？然而我還是忍不住看下去，直到

影片結束，心中隱隱有股說不出來的惆悵，久久難息。

　　我是否在為楚浮徒悲傷？還是自覺年華已逝，觀影的歲月——和當年對電影的激情——早已一去而不復返？於是我開始追悼起楚浮來。

　　我雖不能說是看楚浮的電影長大，但我對電影藝術的興趣確是他的影片培養出來的。猶記得在台大讀書的時候已經聽過法國「新浪潮」（Nouvelle Vague）這個名稱，可惜看不到電影，只有一部亞倫‧雷奈的《廣島之戀》在台北一家戲院演了幾天，把我看得神魂顛倒，影片結束後燈光亮了，才發現戲院只剩下我和葉維廉夫婦三人！這是我看「新浪潮」電影的第一次經驗。

　　一九六二年我赴美留學到了芝加哥，在芝加哥大學研究院攻讀國際關係，卻發現自己對這門學科竟無興趣。絕望之餘，突然感到一種存在和認同的危機。就在這個關鍵時刻，我開始看「新浪潮」的電影，特別是楚浮的作品：《四百擊》、《槍殺鋼琴師》、《夏日之戀》，都是那一年看的。當時芝加哥城裡有一家老電影院，以所處的街道為名，叫克拉克戲院（Clark Theater），專演二輪影片，而且是兩片同演，只需一場票價。我往往在週末（當然幾乎每個週末都是「失去的週末」）做完功課後搭火車進城，看個夜場，從十一二點看到清晨四五點，出院時全城空蕩蕩，門可羅雀，我一個人在街頭閒逛，等第一班火車回芝大。那種疏離和寂寞的心情恰和我剛看過的影片相呼應，看安東尼奧尼和伯格曼的作品時感受尤深。

　　然而楚浮帶給我的卻是一種略帶哀傷的溫馨。我十分認同《槍殺鋼琴師》中的主人翁，最後那一場戲：他在雪地上擁著被

《四百擊》

槍殺的愛人，一臉痴呆的樣子，引起我無限的同情。那個瘦瘦小小、貌不驚人的明星查爾阿茲納夫（Charles Aznavour）也變成了我心目中認同的偶像，他的那副孤寂和無奈不就是我當時的感受嗎？《四百擊》中的安坦・托內爾（Antoine Doines）當然比我年幼得多，但是片中最後那一景──他漠然無助的臉被「凝鏡凍結」（freeze）在一片大海之前，令我久久難以忘懷，也成了我的心情反照。其實，那一年我才二十三歲。

《夏日之戀》讓我恢復了一點人性，也重拾對生活的信心。不知爲什麼，我覺得片中的兩個男人活得很值得，因爲他們都愛上同一個女人──當年的珍・摩露（Jeanne Moreau），眞是絕頂風流！那一年我還看了路易・馬盧（Louis Malle）的名片《戀人》

《夏日之戀》

（*Les Amants*），珍‧摩露在片中和男主角在月光下做愛足足有二十多分鐘，還配了布拉姆斯的弦樂六重奏，看得我如醉如痴。在《夏日之戀》中她同樣地放蕩不羈，加上片中不時有男女二人的書信旁白，她的磁性聲音早已把我這個「慘綠少年」的靈魂勾去了。我也願意像片中的吉姆一樣，和她開車墜湖而死，留下另一個人捧著骨灰自吊其影。那股傷感的味道直浸我心，因為當時我也剛好失戀，大學時代的女友就在那一年提出與我絕交，理由是我太年輕了，她需要一個更成熟的中年男人！然而我又未能像朱爾與吉姆一樣，被遺棄後仍然依戀不捨。

　　這一種難以言傳的心靈認同，令我對楚浮後來的作品產生一

股特別的親切。不錯，在我心目中他早已是一位導演中的「作者」（anteur）──雖然那時候還不知道什麼是「作者論」──因為他的每一部作品都會帶我進入一個獨特的感情世界。在此後的留美歲月裡，我接連看了他的《柔膚》、《烈火》（又名《華氏四五一度》）、《奪命佳人》（又是那個尤物珍‧摩露）和《偷吻》，也逐漸領會到楚浮的一貫風格：永遠有那麼多文謅謅的小說腔旁白，法文讀得像莫札特歌劇中的 recitative，語言把視像和現實間的距離拉近了，也為影片中的敘事提供一種主觀式的節奏，但我當時也搞不清這個楚浮所獨有的「筆觸」是源自小說或是電影？看他的影片猶如讀一篇短篇小說，但又覺得這種「小說感」絕不僅是旁白和文字營造出來的。於是我看了一遍又一遍，逐漸發現他的每個鏡頭的時間都不長，影像在旁白聲中匆匆帶過，而故事的進展幾乎也全靠這類匆匆帶過的「過場戲」，然而它恰是片中的韻味所在。《柔膚》給我的印象尤深：全片幾乎全部都是這種「過場戲」，男主角拿個公文包匆匆趕飛機、到了小城見了老朋友又是匆匆寒暄就上台演講，講完和老友座敘又顯得那麼不耐煩，後來又匆匆回酒店，在電梯上碰到在機上初遇的空中小姐，兩人又是擦肩而過，最後在他出爾反爾之後，終於打電話了。我在不知不覺之間被引進這個中年男人的感情世界，開始為他捏

《烈火》海報

一把汗，全片因之進入第一個高潮。然而這段婚外情也是尷尬萬分，兩個人幽會更是行色匆匆，幾乎所有的鏡頭都是短鏡頭，平淡無奇（也許楚浮會說：日常生活本來如此）。所以當男主角偷偷地撫摸倦極而睡的女主角大腿時，我感受到一股不尋常的溫柔，不禁口中也唸唸有詞，冒出幾個法文字來：doucer、tendress、tristesse、c'est lamour！那時候剛讀完莎岡的小說《日安憂鬱》（*Bonjour Tristesse*），自己也連帶地浪漫起來。

有的評論家說：楚浮的電影不論故事說的是什麼，背後的主題都是情──還要加上一點「痴」（obsession）。但他處理情的手法又和好萊塢煽情戲老手薛克（Douglas Sirk）不同，絕不著意誇張，多是輕描淡寫，幾乎一筆──或數個鏡頭──帶過，但仍然餘味無窮。楚浮又是一個宿命論者，總讓我覺得男歡女愛必然導致悲劇；熱情瞬間即逝，而悲劇的陰影永遠在故事的後頭，所以一些溫柔的小動作鏡頭就會令我感動萬分。《柔膚》中那個摸腿鏡頭所引起的強烈感覺，只有多年以後看的另一位法國導演Claude Saudet的影片（片名已忘）中那個老人極慾輕撫熟睡中的年輕女郎的鏡頭才可比擬。

於是我直覺地感到楚浮心靈其實是脆弱的，就像他訪問希區考克後所得的結論一樣。但楚浮沒有希區考克那份憤世嫉俗的世故，他實在天真得可愛，像一個大孩子。在想像中他也是「溫柔」的化身，還加上那點藝術的敏感，令人禁不住想接近他，保護他。香港奇女子陸離和他通了十四年的信，那種感情一點也不奇怪，而真令人羨慕。這就讓我想起另一個普通的英文字（也是法文）：「unique」（獨特），而楚浮的「特」性恰在於他的平凡：

這位「作者」正像你我一樣，生活在一個平凡的世界，只不過他是個典型的法國小布爾喬亞知識分子，可以為了維護電影博物館那位主持人的地位而不惜與法國政府作對，甚至示威被捕都在所不計。這也是他一生中唯一的一次革命，和他的老友高達恰恰相反，高達即使在拍電影也不忘革命，是一個徹頭徹尾的左翼先鋒（avant garde）主義者。然而高達是冰冷的，沒有感情。我對於他早年的作品也只是尊敬，甚至敬而遠之。

我渴望的卻是溫情，所以看《偷吻》時那股心中湧起的溫柔感把眼淚也帶出來了，看後久久不散，於是立刻又到影院再看了一次。飾演安坦女友和老情人的兩位女明星實在可愛，除非郎心如鐵，哪個男子不會為之動情？我特別認同影片結尾時在公園中無端地走上前的陌生男子，他突如其來地示愛，然而他的造型又像是從希區考克的影片中走出來的人物。我看後不禁莞爾一笑，心中充滿了溫馨，並暗暗地向這一對年輕戀人祝福，願兩人白頭偕老，但也明知這是不可能的事。

安坦一生的「五部曲」，我只看了四部——其實《四百擊》不能算，因為安坦在片中還不懂得戀愛。從《愛在二十歲》開始，一連串展示了他一生的感情歷程：《偷吻》、《婚姻生活》、《愛情逃跑》，即以影片製作年代而論，也過了整整十一年，到了安坦在最後一部戲中到處拈花惹草的時候，不但我對他毫不同情，連對楚浮也感到乏味了。

最近我又重看一遍這個三部曲，距離初看《偷吻》時已有整整三十五年。片中那股少年不知愁滋味的感覺，依然像招魂一樣，從鏡頭形象中回味出來，安坦的年輕妻子依然溫柔可愛，我

竟然又陷入愛河，然而這一次不是幻想而是真實——坐在身旁與我共享「婚姻生活」的妻子也在對我微笑，甚至比片中的克勞德‧茱迪（Claude Jade）更迷人。

❷

一九七〇年當我看到《蛇蠍夜合花》（*Mississippi Mermaid*，一譯《騙婚記》）的時候，已經來到了香港。初次體驗到最叫座的邵氏明星王羽自導自演的《龍虎鬥》，廣告上大吹「穿腸大戰」果然名不虛傳，王羽的「鐵砂掌」把對手血淋淋的腸子都一手拉出來了，看得我倒盡胃口，遂在香港寫出我的第一篇影評：「這樣的武俠片要不得。」

從邵氏影片掛帥的鬧街影院到中環大會堂的「第一映室」（Studio One）去看楚浮的電影，猶如進入另一個完全不同的世界。也可能此片並非在第一映室上映，但記憶中的楚浮永遠是和「第一映室」和《中國學生周報》連在一起，編輯《周報》影劇版的那幾位年輕人——特別是陸離和羅卡——都是作為楚浮的同好而認識的，見過一兩次面，並不熟悉。各人寫作的園地也不同，我當時是為一本新出版的同人雜誌《南北極》寫影評，那篇〈楚浮和《蛇蠍夜合花》〉就是在這份月刊上發表的。現在連我自己也找不到了，所幸主辦香港電影節的有心人竟然把它像「出土文物」一樣挖掘了出來，令我感激萬分，也不勝感慨。回想當年共同創辦《南北極》的各位老友早已各奔東西，而自己的這篇影評也變成明日黃花了，其中論點都褪了色，無甚新意。（見輯二）

《蛇蠍夜合花》劇照及海報

　　如今重閱此文，才發現自己當年不但為楚浮的作品辯護（用的理論恰是當年剛走紅的「作者論」），而且更義憤填膺似地攻擊香港中外各報刊對此片的不公平的影評，特別把箭頭對準英文《南華早報》的某影評專家和香港英文電台評電影的「那位英國婆子」，一股反抗大英殖民主義的心態躍然紙上。我在文中套用楚浮的話大言不慚地說：「我認為泰倫斯・揚最佳的電影也比不上楚浮最差的電影。」泰倫斯・揚的一部打鬥片當時正在香港上映，賣座得很，我因為不喜歡《龍虎鬥》，恨屋及烏，所以才寫出這句話來，其實楚浮和我都把話說過了頭。後來泰倫斯・揚執導「〇〇七」影片 *From Russia with Love*（《第七號情報員續集》），成績斐然，至今已被視為經典。

　　當時我寫影評有一條金科玉律：凡是商業片都不值得看，看邵氏的出品尤然，所以才會認為「邵氏出品，必屬佳品」的商標可笑之至。但是也有例外：胡金銓的《龍門客棧》和《俠女》絕對是傑作，還有大衛・連的《齊瓦哥醫生》。其實楚浮當時已開

始和他的「新浪潮」夥伴高達分道揚鑣，已經向商業低頭，只不過他製作的「主流」影片仍有其獨特的風格，所以仍可以（甚至於更可以）引用「作者論」的理論。《蛇》片中有不少向幾位「作者」導演致敬的「引經據典」的指涉——雷諾亞、尼古拉斯·雷（Nicholas Ray）、霍華德·霍克斯，當然還有他最崇拜的希區考克——我也一一指出，自鳴得意。其實當時心裡也覺得這不是楚浮的最佳作品，甚至比前幾部遜色，結構似嫌鬆散，我卻故意在評論中說得頭頭是道。

楊波貝蒙主演的《斷了氣》

二十多年後重看此片，我的感受又有所不同。情節是否鬆散對我已無所謂，難得的是片中的那股激情和凱薩琳·丹妮芙的美豔。我在舊文中說：「《蛇蠍夜合花》是一部剖析人性的愛情影片，只不過在前半段套上了一層謀殺片的外表而已。」這句話並沒有說錯，只不過我看不出任何希區考克式的懸疑（suspense），倒是私家偵探中槍倒地的那一場戲，顯然在向希區考克致敬，因為鏡頭運用和《驚魂記》中私家偵探被殺從樓梯倒下的那一場如出一轍。楊波貝蒙（Jean Paul Belmondo）的演出並不太精采，可能是他在高達的《斷了氣》（Breathless）中那股吊兒郎當的樣子已經定了型，在《蛇蠍夜合花》中似乎痴得不足。但更令我不能專注於情節的是丹妮芙在此片中太美了——美得不像「蛇蠍」美人，更不夠陰險，所以在片尾她下毒想害死情夫的戲也不盡令我置信。

我最鍾愛的希區考克影片是《迷魂記》，影片的主題就是痴情（obsession），不知楚浮在拍《蛇蠍夜合花》時是否從此片得到一點靈感。事實上，兩片在情節結構上不無相似之處，但金‧露華在《迷魂記》中的演出實在太精采了，從貴婦演到貧婦，前後判若兩人，丹妮芙則前後沒有什麼大變化。也許我對丹妮芙太過痴情，所以不相信她會做壞事，即使在布紐爾的《青樓怨婦》（Belle de jour）中她亦是如此。

楚浮在《蛇蠍夜合花》所要表現的就是一種不可理喻的痴情（或者用情痴一詞更合適）。除了此片之外，至少有兩部戲——《情淚種情花》（The Story of Adele H.）和《隔牆花》（The Woman Next Door）——都是屬於同一個題材。痴情的原動力是激情（passion），它可以把愛情變成死亡，或用中國俗話說：愛得死去活來。（法文中也有相似的表述：lámour c'est le mort）然而在影片中如何表現痴情背後的激情？楚浮的導演手法，總體而言是收斂含蓄的，不像另一個希區考克的門徒 Brian De Palma 那麼誇張。楚浮文如其人，似乎在處理床上戲時也會害羞。片中貝蒙撫摸丹妮芙的一場戲，表演、鏡頭和氣氛都和《柔膚》中的同樣一場戲如出一轍，也曾經有影評人指出來。但我認為原因不是自我

抄襲或手法上的疲憊，而是出於楚浮手法上的一貫「溫柔」，因此在處理痴情的題材上，手法和意旨之間似乎產生了一種矛盾：溫柔如何表現激情？沒有激情怎麼會愛到情痴？

❸

從去年二月起我開始重看楚浮的所有影片，直到書寫此文至今。此次觀影經驗中印象最好的反而是兩部孩子戲：《野孩子》和《零用錢》，當然還有《四百擊》。看得我們夫婦笑中帶淚，感動萬分，也許這又是自己進入老年的心兆吧。除此之外，我反而更喜歡文學性較濃的《兩個英國女孩與歐陸》。這部影片我以前初看時感到有點沉悶，但此次重看反而覺得這部長片（一百二十四分鐘）真像一部長篇小說（其實它本來就是改編自 Henri Pierre Roche 的同名小說，三十年前陸離曾把楚浮親自送給她的這本小說拿給我看），「讀」來興趣盎然。它更令我想起年輕時代讀過的英國小說如《簡愛》和《咆哮山莊》，文靜溫柔的外表下壓抑著無限激情，恰好適合楚浮的一貫表達方式：短鏡頭、過場戲、獨白式的旁白、鏡頭調動的不著痕跡。此片影碟的介紹短文中有一句發人深省的話：「Concerned not so much with feelings as with feelings about feelings, this is simultaneously introspective and passionate and is a companion piece to Truffant's earlier masterpiece, *Jules and Jim.*」真是一點不錯，而且入木三分，不知是誰寫的。我在重看時才發覺楚浮的手法也是「自省」（introspective）式的，不但他片中的所有外景都代表了一種內心的寫照，而且他更用盡一切「後設」

的方法——尤其是片中既客觀又主觀的書信旁白。時間是自省的最好工具，因而此片甚長，以敘述和放映時間的雙料長度達到「以情自省其情」的目的。

令我吃驚的是另外一部和此片截然不同的作品：《愛女人的男人》。此次重看後我才發現故事背後的原型其實就是卡薩諾娃（Casanova）這個西方大情人。經過無數次的文學、音樂和電影的改編（最著名的是費里尼的同名電影）以後，這個「愛女人的男人」竟然仍能在楚浮的輕描淡寫中借屍還魂，並不簡單，而且主題仍然是他一貫的「情痴」。一位男性友人說這是他最喜歡的楚浮作品，因爲它表達了每一個男人的幻想！這是典型「男性沙文主義」的說法。然而愛一個接一個的女人的代價是什麼？楚浮早已預設了答案：死亡。故事的主角死於車禍，看似偶然，實非偶然，因爲他命該如此——「寧做花下鬼」，也是一種無法自我控制的命運。楚浮和費里尼處理的手法截然相反：後者在《卡薩諾娃》中所表現的基調是陰冷，甚至布景也是故意搭起來的，威尼斯的小橋流水變成了幾塊背景板，似乎故意在顯示它的浮面和非真實性。而楚浮卻把這個體裁徹底人性化了，不但背景真實（故事發生在法國一個小城），而且在影片快結束時還加上一位同情他的女編輯兼知音，把這個男子剛寫好的自傳（卡薩諾娃原來的故事也是出於一本自傳）出版，並親自更改書名爲《愛女人的男人》，卻用了法文動詞的過去式：難道是她不自覺地掌握了他的命運？（書一出版，這個人的生命也因之而不朽，所以不必活下去了。）或是她早已把他視作文學上的一個原型，卻更驚喜於這個初出道的作家的文字如此淳樸而無矯飾？

看完《愛女人的男人》，接著看《最後地下鐵》，也許我抱了更大的希望，所以失望在所難免。也許我在故事的背後看不到更多的隱喻，本來在德國占領下的法國文化遺產如何保存的問題是值得大書特書的：爲什麼那個劇團演的不是莫里哀（Molière）？《零用錢》中的男孩子不是把這位法國大劇作家的台詞唸得神氣活現嗎？也許在看這部影片的時候，我心中想的卻是另外一部經典名作：《天堂兒女》（Les Enfants de Paradis），也是一部演戲的故事，不知何時能夠重看？納粹占領下的猶太人問題又使我想到楚浮的「新浪潮」夥伴夏布洛爾（Claude Chabrol），他不是也拍過一部楚浮式的兒童影片嗎？該片內容也是描寫學校中的一個猶太孩子如何被另一個孩子出賣，但片名已經想不起來了。可惜我收

藏的電影經典的影碟太少，不像古典音樂音碟一樣，可以隨時拿出來聽……

《最後地下鐵》海報

這一串的胡思亂想竟然令我無法集中精神看《最後地下鐵》。妻子回房看書以後，留下我一人，形單影隻，不禁開始擔心這篇早已答應寫的紀念楚浮逝世二十周年的文章應該如何下筆。

我承認自己是一個「楚迷」，卻不是研究楚浮的專家，而香港卻是除了法國以外「楚迷」最多的城市，至少它和楚浮的淵源很

長。我和陸離是同一年代的人，然而對於楚浮的忠貞不二之心，我卻無法和她比擬。在過去的二十年間，我幾乎把楚浮遺忘了。此次重溫舊夢，我心裡明白：我的舊夢其實就是老電影。看完楚浮的十幾部影片（還有兩三部尚未重看）──特別是看到他學希區考克在自己片中曇花一現的鏡頭──令我出奇地感動，雖然我早已理解：他那個時代和他的導演手法一樣，都已經過去了。楚浮的那種文藝腔和輕描淡寫的筆觸，和當今好萊塢電影的視覺刺激手法──用過量的特寫和特技鏡頭──迴異，一輕一重，恰成對比。他的剪接技巧也是不露痕跡的，但他時而玩弄的「圈入、圈出」手法（即把 ZOOM 變成銀幕上的一個小圈來「溶入溶出」或「淡入淡出」），現在似乎已經過時了。但《四百擊》最後的「凝鏡」卻成了經典，被後世導演多次採用。他的簡潔而自然的過場戲，已被更多更短的短鏡頭所取代（在這一方面，香港的電影實開風氣之先）。他慣用的旁白敘事手法，現在甚至受人批評。可能在導演手法上和他對比最強烈的就是近年來大紅特紅的英國導演史考特兄弟（Ridley Scott 和 Tony Scott），兩人皆以動作片見長，技不驚人誓不休。恐怕也只有像香港這種影城才可以令我在同一時間欣賞楚浮和史考特，這邊廂是雋永情趣溫柔細膩，那邊廂是槍林彈雨血流成河。我想即使楚浮拍動作片，最多也不過多槍殺幾個鋼琴師。

在這個後現代的商業社會裡，楚浮已成絕響。也許這就是我們紀念他的原因？可能也不盡然。他當年的「新浪潮」夥伴高達尚在人間，而且仍在拍片，但我承認實在看不下去。而楚浮的作品卻像艾力·侯麥的影片一樣，愈看愈有味道，雖然間中也有失

高達導演的《不法之徒》

望（如《最後地下鐵》）。也許這兩位導演都和文學的關係很密切，所以與我這個學文學的人心有戚戚焉。然而更重要的理由可能是楚浮喜歡的女性

我也喜歡，甚至仰慕。多年來，我的夢中情人就是凱薩琳·丹妮芙，在她之前是葛麗絲·凱莉，兩人一脈相承！除了金髮之外，更洋溢一股冷若冰霜卻豔如桃李的高貴氣質。我所追求的這個女性形象其實和希區考克和楚浮的影片脫離不了關係。現在回想起來，她們就像走馬燈一樣，輕盈地在我眼前轉，巧笑倩兮，瞬間即逝，只留下無盡的回味。我發現自己重看楚浮的影片，印象最深的就是有丹妮芙和類似她的「美女」擔綱主演的影片，除了《蛇蠍夜合花》之外還有《柔膚》（主演的弗朗索瓦·多麗雅是凱薩琳·丹妮芙的孿生姊姊）、《偷吻》（克勞德·茱迪是一個小型的丹妮芙）、《槍殺鋼琴師》（瑪麗·杜芭又是同一類型，但心情更善良）和《情淚種情花》（伊莎貝拉·艾珍妮實在演得太精采了）。據說楚浮拍片時也會偷偷愛上女主角，至少變成她們的密友（芬妮·雅當還變成他的第二任夫人）。然我很難想像楚浮對她們有股激情；換言之，即使她們是「尤物」（femme fatales），在楚浮的世界中也會更有人性——甚至被軟化。如今楚浮也早已隨風而去，不知她們對楚浮的懷念是一種什麼滋味？珍·摩露曾經

說過：「在人生之中，再沒有其他男人使我更感興趣了，除了楚浮。」言外之意自明。

　　珍·摩露倒真是一個不折不扣的尤物，只有她才能演令朱爾和吉姆同時愛上的凱薩琳；只有她才可以在《奪情佳人》中連殺四五個男人；也只有她可以令美國導演威廉·弗列金（William Friedkin）愛得死去活來。也許，楚浮一生最迷戀的女人就是她，但她卻像《夏日之戀》中的女主角一樣，不願被任何男人據為己

珍·摩露主演的《黑衣新娘》

有，遂導致楚浮拍了不少痴情的電影。

　　這當然又是我的胡思亂想，也只有楚浮才會引發出來。看他的影片令我不知不覺地認同他、同情他，甚至為他打抱不平，我猜所有的「楚迷」都會如此。和所有「楚迷」一樣，我最感到惋惜的是，為什麼他死得這麼早？只活到五十二歲就英年早逝，就作別了西天一片雲彩？這一種「傷逝」感，隨著我自己的年齡日增，也使我在重看楚浮的舊片的過程中不斷地感受到他這個人的存在。看得最清楚的是他現身說法的《野孩子》。唯獨在剛剛重看的這部《最後地下鐵》中，見不到他的影子，也許他故意讓故事中的那個躲在地下室的導演取代了他？我從頭看到尾，就不喜歡這個角色，因為他自大狂的個性和楚浮的收斂和自謙恰好相反。為什麼片中的凱薩琳・丹妮芙依然愛上他？或者她更愛演戲，像楚浮更愛電影一樣？也許不看（此次香港影展看不到的）《戲中戲》（*Day for Night*）也罷，它只不過是《最後地下鐵》的翻版和變奏，況且片中飾演大明星的尚皮耶・李奧（Jean-Pierre Léaud）也愈來愈不可愛了，我寧願保存他在《四百擊》、《偷吻》和《婚姻生活》中的良好印象。

　　看完《最後地下鐵》後，我返房睡覺，我妻早已入夢，我卻久久不能成眠，感到悵然若失。也許我當年說過的話還有一部分道理：即使楚浮最壞的影片，也比泰倫斯・揚的好，因為後者拍的動作片我看完就忘了，甚至經典「〇〇七」的影片也要重看才記得。而楚浮片中的幾個鏡頭，我在半個世紀以後依然記憶猶新，而且在重看時韻味猶在，這種感覺，無以言傳，只能引用昆德拉稱之為「人生難以承受的輕」。

廣島之戀

❶

　　不久之前重看亞倫·雷奈（Alain Resnais）的《廣島之戀》（*Hiroshima Mon Amour,* 1959）。對我個人而言意義非同尋常，因為這是我有生以來看到的第一部法國「新潮派」的電影。事隔四十多年，記憶還很清晰：在台北上演此片的那家影院（名字已忘），我和同學葉維廉夫婦坐在一起，當影片結束，戲院的燈光亮了以後，我回頭四顧，發現全場只剩下我們三個觀眾！

　　時當一九六○年，我還是台大外文系的學生，維廉高我一班，已經是頗有名氣的詩人，我則自認為影評家。我們面對四周空空如也的戲院毫不在意，甚至還感到一種自豪，活像我們當年崇拜的「現代主義」作家一樣，傲視庸眾。反正別人看不懂，只有我們極少數的人才是這部法國藝術電影的知音，於是旁若無人（本來戲院裡早已人去樓空）、滔滔不絕地討論起來了。

　　那是一個什麼時代？正像片中女主角在日本酒吧喝啤酒時半

醉地自語：「我那時候眞年
輕！」屈指一算，我那年只有
二十二歲，和片中男子說他遇
到原子彈炸廣島時的歲數一
樣！我當然較該片的男女主角
的眞實年齡還年輕幾歲，但畢
竟是同時代的人，抗日戰爭的創傷依然隱藏在我的兒時回憶裡，
而台北當時的氣氛也和戰後的廣島差不了許多，都像從一個夢魘
般的歷史中甦醒過來，百廢待興，前途仍然茫茫。法國的「存在
主義」——沙特和卡繆的著作——成了我們的寶典，艾略特《荒
原》中的詩句（還是葉維廉介紹的）背誦可以朗朗上口，但不知
其意，只覺得有一種異樣的「苦悶」。

那時維廉似已成家，至少感情生活穩定，而我呢，依然憧憬
著浪漫愛情，就差在台北街頭沒有邂逅到像伊曼紐爾‧麗娃
（Emmonnelle Riva，她演此片時也只有三十一歲）這樣的法國女
人。在銀幕上她看來那麼成熟動人，特別是特寫鏡頭中她的面
孔：略帶哀怨的眼神，垂直的鼻子，微大的嘴，暗露肉慾的雙
唇，我眞想取代片中的日本男子，在深夜的街頭默默尾隨著她，
一面回味前夜床第間的溫馨，一面臆想著隨她走向天涯海角……

身邊同看此片影碟的妻子突然問我：「如果你現在碰見一個
這樣的女子，你會不會和她發生一夜情？」

現在——這已是四十四年後了，我早已過了花甲之年，還會
發生一夜情?!而現在的麗娃女士也成了肢體臃腫滿面皺紋的老太
婆了！新科技的長處——也是可怕之處——就是可以讓人同時看

到半個世紀以前和以後的她。在為這部《Criterion 名片集》新出的 DVD 中她親自現身說法，接受訪問，回憶當年拍片的情景，看來至少也有七八十歲了，徐娘已老，風韻只存留在舊片複製後的嶄新影碟裡。

還是不看「現在」，隨著年輕的麗娃到戰後的廣島去遊蕩吧。

❷

重看此片之前，我仍然記得片中最後一場戲的台詞：

「Hi-ro-shi-ma，」法國婦人望著日本男子說：「你就是廣島。」

日本男子也對法國婦人說：「你就是 Ne-vers，在法國的尼凡爾城。」

兩個戀人變成了兩個城市的代表，他們的戀人絮語也成了兩個城市超越時空的歷史因緣，記得四十多年前我們在台北那家影院中討論的就是這個主題。這是一個現代主義版的「雙城記」，影片的前景（現在）是廣島，後景（過去）是尼凡爾，時空的交錯和重疊成了本片的基本風格，也似乎是亞倫‧雷奈早期作品中慣用的主題：《去年在馬倫巴》、《夜與霧》（*Night and Fog*）、《戰爭終了》（*La Guere est Fini*），這些影片都是我後來在美國看的。我竟然也魂牽夢縈，反覆思考片中回憶和忘卻的問題：為了忘卻而回憶？還是為了回憶也必須忘卻？片中的女主角就是在這種矛盾的心情中掙扎著，直到影片結束才稍有領悟：為什麼這個

日本男子在一夜之間激發了她不可告人的青春回憶？因爲一個「敵國」男子取代了另一個敵國男子：她當年愛上的德國士兵在戰爭勝利前夕被暗槍殺死了，她爲他受苦受難，被父母禁錮在地

《廣島之戀》劇照及海報

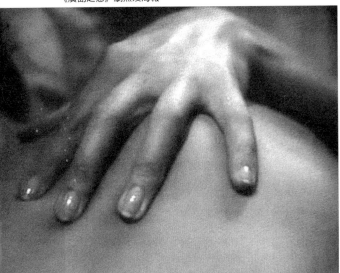

牢裡，頭髮被剪，手指抓著牆壁流血了，她舔著血，發出無言的叫喊……這些痛苦的回憶，在「現在」的廣島卻和她看到的紀錄片中原子彈炸後的日本倖存者的形象前後呼應，使得她能夠把自我的苦難融入另一個民族的集體苦難之中。而這個日本男子──當原子彈掉在廣島時他並不在場──卻成了一個歷史的「觸媒」（catalyst）或「導體」（conduit），使得她在他身上再次體驗到死去的德國男子所給予的肉體之歡，也因此取代了德國男子，於是她

開始遺忘過去，痛苦不堪。而現在呢？紀錄片中受難的日本人不但遍體鱗傷而且變得畸形，是一場更大的浩劫倖存者；她在那個田園式的小城尼凡爾所受的苦又算得了什麼？況且戰後的日本男子——這個日本建築師——的皮膚如此滑潤。片中開場時兩個人做愛，肢體交疊的特寫鏡頭至今看來仍然驚心動魄：兩對裸露的臂膀上，汗珠和原子塵混在一起，熠熠發光，電影中呈現的視覺情境似乎遠超過思想上的深度。女主角的受難和贖罪過程——她是否要為所有的西方人贖罪？——對於當年的我印象並不深，雖然討論時可以大談存在主義哲學，故作深刻狀。當時我已經隱隱體會到這是一部電影史上的經典之作，它主要的貢獻在於電影形式上的創新，不但時空交錯——後半部廣島和尼凡爾的場景鏡頭以獨特的「共時」剪接技巧融合無間——而且還音畫對位，像一部德布西作的歌劇（我想起他的《佩利亞與梅麗桑》）或荀伯格早期的作品《昇華之夜》一樣，場景鏡頭似乎隨著音樂中的音符或歌詞而轉換，二者逐漸互動而融為一體。這是一次了不起的突破。

❸

　　亞倫·雷奈在片中用了兩位攝影師：廣島的鏡頭由一位日本攝影師負責，尼凡爾的鏡頭則出自法國名家 Sacha Vierny，他的每一個鏡頭都充滿了詩情畫意，像是一幅幅黑白照片，又像是水墨畫，以此襯托著散文詩似的回憶獨白。那位日本攝影師 Michio Takahashi 也了不起，把紀錄片的寫實風格和夢幻似的「超現實」

鏡頭連在一起，難度更高，到了最後眞成了兩個城市的「戀愛」：廣島的街景瞬間變成尼凡爾的街景，兩個推移鏡頭（trol-ley shot）接得天衣無縫，連移動的方向都是一致的。當然主其事的仍是亞倫‧雷奈，他眞是一位大師。

　　然而在此片的 DVD 版所附的兩次訪問紀錄中，雷奈都堅決否認自己在電影藝術中有何突破，而自承是繼前人的衣缽和製片人的鼓勵，這也許是自謙之詞。原來此片的緣起是製片家請他到廣島去拍一部紀錄片，但他看了幾部日本人自己拍的紀錄片後（包括一部模擬原子彈落地後的慘狀），覺得已沒必要，所以必須將之改成一部劇情片。請誰寫劇本呢？製片人想請大名鼎鼎的莎岡（Francosie Sagan，她的《日安憂鬱》是當年的暢銷書，也是我的摯愛），但遭拒絕。雷奈遂想到了瑪格麗特‧苢哈斯（Marguerite Duras），竟蒙首肯，她只花了兩個多月就完成了劇本，兩人通力合作的結晶也成了此片的獨有風格。另一位名導演艾力‧侯麥（Eric Rohmer，後來拍過「六個道德故事」的系列影片）就對之讚不絕口，認爲這是有聲片有史以來最有創意之作。

　　我覺得侯麥的讚詞是有感而發的：他自己的影片中人物總是講個不停，有說不完的話，但《廣島之戀》中的對白並不多，日本男子說得更少，原來這位明星 Eiji Okada（後來還演過《砂丘之女》）不懂法文，台詞是一句句教的，猶如鸚鵡學話。麗娃主導全片，但她的對白也少，而獨白則甚多，片頭廣島受炸的鏡頭都是她的旁白帶出來的。開始時日本男子說：「你在廣島什麼也沒有看到。」她回答說：「我看到了……」於是原子彈浩劫博物館和日本紀錄片的片段被「召喚」了出來。她的回憶更是如此，

全部有關尼凡爾的故事都是無聲的，唯一的聲音就是她的獨白
──莒哈斯的詩樣句子變成了這些鏡頭的文學敘述詞和「評語」
（雷奈還特別請她看過片中的部分場景後多寫幾段，其中部分也
被用了上去）。這是一種半敘述半「後設」的文學語言，它不但
駕馭著片中的形象轉換，有時也讓我感覺她的詩句飄浮於歷史和
現實之上。

這種「音畫對位」的拍法，恐怕也只有法國導演才拍得出
來。雷奈的那一代人，都喜歡文學，雷奈更是讀過不少現代派的
作品和法國的「新小說」：我第一次聽到羅布‧格里耶（Alain
Robbe-Grillet）的名字，還是從雷奈的一部影片《去年在馬倫巴》
得來的。這幾部影片的劇本後來都由美國的格羅夫公司（Grove
Press）出版了英譯本，我每片觀後必讀，後來又讀到瑞典導演伯
格曼的《四個劇本》（*Four Screenplays of Ingmar Bergman*）更是大喜
若狂，但從未想到他可能也受到《廣島之戀》的啓發。

《廣島之戀》放映後，法國「新浪潮派」的大本營──《電
影筆記》（*Cahiers du Cinema*）雜誌立刻
為之召開座談會，一批年輕導演──
包括侯麥和高達──個個大發宏論，
也大談此片和文學與音樂的關係。那
還是一九五九年七月的事，楚浮和高
達也剛出道，我尚未看到《四百擊》、
《斷了氣》、《槍殺鋼琴師》或《夏日
之戀》，這些影片都可視爲文學電影。
如果高達是一個即興式的電影散文

《廣島之戀》海報

家，楚浮則是一個小說家，侯麥更不必提。雷奈較這些人稍長幾歲，更像是一個電影詩人。不錯，他的前輩還有科克托（Jean Cocteau），但科克托的影片神話意味太濃，也不可能把一部描寫德國集中營的紀錄片《夜與霧》拍得那麼有詩意，我至今還依稀記得片頭的旁白和陰影下的鐵絲網，以及緊接著的遍地屍骨的凄慘鏡頭。

也許雷奈那一代人和年事稍長的沙特一樣，都經歷過戰亂，也只有在歷史大事件中打過滾或受過炮火洗禮的人，才能夠體會到人生的真諦和驚天動地的愛情。然而那個時代已經過去了，這部曠世名作也成了絕唱，從來沒有任何導演 ── 包括雷奈自己 ── 想重拍過，即使膽敢重拍也拍不出來，莒哈斯的詩的語言怎麼辦？放在當今好萊塢任何一位名女星的口中讀出來，即使是英語，更會令人笑掉大牙！

前年（二○○五）是存在主義大師沙特逝世的二十五周年，在這個二十一世紀的「後現代」生活中，存在的意義是什麼？還有多少意義？重看像《廣島之戀》這種老電影，卻讓我在經典中重拾自己的青年往事和生命的意義，我一遍又一遍地看著片中女主角在酒吧中邊飲酒邊緬懷過去的鏡頭，也差一點和她同聲叫了出來：「我那時候真年輕！」

小津的世界：
《早春》、《晚春》、《麥秋》

　　記得在二十世紀七〇年代初第一次看小津安二郎的《東京物語》，終場時我發現大部分觀眾都是眼淚汪汪地離場。那時在一個大學城——普林斯頓，觀影者大多是學生和教授，是一個很「世故」——甚至相當勢利（snobbish）——的地方，然而大家卻被小津電影中的純眞世界所感動。如果說當今世界仍然存有「普世價值」的話，小津應該是「家庭」價值的歷史代言人，他的作品是影史上動人的見證。

　　最近幾年，也許因爲我年歲日增，我發現自己愈來愈鍾愛小津的電影。昨晚又和妻子同看他的《早春》，這是他一九五六年拍攝，是繼《東京物語》（一九五三）後的傑作，也許沒有後者那麼動人，而且影片全長一百四十四分鐘，可能也創下小津最長的影片的紀錄，但是我一口氣看

《東京物語》海報

到底，一點也不覺得沉悶。為什麼？

　　許多影評人都說過：小津的作品故事愈來愈平淡，場景就是那幾個：火車、東京的辦公大樓、日本式的住屋——人物都往往坐在室內的「榻榻米」上（因此鏡頭也大多從這個三尺高的坐姿拍攝）——酒吧裡的幾張凳子，一個吧枱，最多再加上幾個吃飯的小房間……小津的鏡頭也只有那幾個：開場的場景往往是火車疾行，接著是一兩個外景的空鏡頭，然後就進入室內，室內的人開始起身、吃飯、談話、上班……甚至小津影片中的對白也極平庸簡單，往往還夾雜了不少「空話」，譬如「啊，是嗎？」「嗯！」「是的。」當然更多「早安」「謝謝」之類的日常招呼詞。幾乎所有的影片都沒有高潮，《早春》尤其如此，那個男主角的表情永遠是一臉的無奈，正像其他影片中的原節子說話時永遠是一臉的微笑一樣。還有那位在小津電影中從年輕演到老（真實年齡）的笠智眾，一直老到演《東京物語》和《晚春》中的老祖父和爸爸。最妙的是《麥秋》幾乎成了《晚春》的翻版和回應，場景幾乎一樣，只把男女主角的角色對調就行了，都是為了結婚或不結婚。

　　記得我多年前在研究院學日文時，最先學到的一個詞就是「結婚」。這也是小津電影中的永恆主題，然而他自己卻一生未娶，而且事母至孝，他母親死去不久小津也隨之去世，所以他的影片中母親的形象和由此而衍生的家庭主婦的形象更多。然而在他的電影世界中，男女仍然是分開的，在酒吧喝酒的永遠是男士，如果女性插足男性世界的話（如《早春》中綽號金魚的女同事），一定居心不良，變成破壞家庭的一分子。在辦公室裡，男

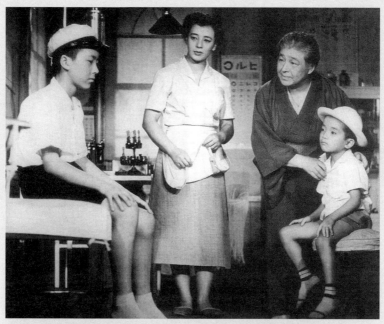

《東京物語》

女各在不同的地方工作，也授受不親，即使一起去郊遊，男女之間也不越矩，更沒有什麼性吸引的火花。

在小津的世界中似乎沒有任何身體的慾望，只有生活。難怪美國和歐洲的導演們對小津只有讚美，卻學不到他的精髓：德國的文・溫德斯（Wim Wenders）應算是最崇拜小津的人，但他自己的電影風格仍然缺乏「小津味」。侯孝賢在多次否認受小津影響後，終於承認在鏡頭的運用上受到小津的啟發，但從《童年往事》到《悲情城市》，侯孝賢影片中的家庭還是比不上小津作品中的恬靜和樸素。

有的影評家說：這就是小津電影中特有的「禪」味！我不完全同意。我覺得小津從頭到尾都是「入世」的，甚至很世俗。也許我們從小津自己說的一段話中得到一點啟發：

「我沒有一味交代故事，反而留下許多空白……我想，這些空白，其餘韻或將更深遠。」

對我來說，這句話中最值得深思的就是「空白」和「餘韻」這兩個詞。「空白」是一種形式上的美學和哲學，談論的人很多，餘韻應該是空白的副產品，但我卻將之視為對等物。且讓我從餘韻說起。

也許「餘韻」和「餘味」甚為相似，但也有些許不同。小津的作品中，至少有兩部影片的名字帶有「味」覺：《茶泡飯的滋味》和《秋刀魚之味》，但只有一部與音韻有關係：《東京合唱》（一九三○，我沒有看過）。然而，每當我看完一部小津的電影在回味時──甚至在觀影過程之中──都感受到不少「餘韻」。

最令我感動的歌詠場面就是在大自然的空鏡頭背後聽到的小

學生或中學生合唱。也許我嗜愛音樂太深，每聽到那股餘韻繞山谷的合唱，就會想到我初到台灣時在新竹中學唱的歌（那家中學也以合唱團聞名）。現在回想起來，的確有點「日本味」，但原曲往往不是來自日本，而是德國：例如改編自舒伯特的〈菩提樹〉。這類音樂是我少年時的精神食糧，想來對小津個人更是如此。我甚至可以大膽地推斷：小津和他那一代日本人經過二次大戰（他也被召入伍）的殺戮後，仍能保存一點人性，音樂可能是不可或缺的因素，其中最重要的可能就是德國的藝術歌曲。此中的文化原因有待查證，但這種「餘韻」似的情操，倒是在侯孝賢的《悲情城市》中的一場戲裡得以發揮，也就是片中引用的德國民歌〈羅蕾萊〉（Loreilei），然後接著是談到明治時期日本年輕人因為追悼美感而跳崖自殺的故事。

在大自然中聽到歌唱的音韻——特別是學生郊遊時唱的歌——往往令年長的人有所回味，即使不主動地聽，音畫對位的效果也會觸動對人生旅程的感傷。所以老年夫婦在沙灘堤上望海無言（《東京物語》），一片失落之情，然後老頭子對他老伴說：「該回家了！」於是她也回答：「噢！」（我看到此早已熱淚盈眶）。於是，老父對女兒說：「你該結婚了！」女兒說：「不，我要永遠和爸爸在一起！」老父說不行，於是就坐在旅館的榻榻米上，緩緩地曉以大義（《晚春》、《麥秋》的故事相仿，但人物倒置）。

然而也不能過度渲染這類「大自然」的餘韻，否則又會落入人生如浮雲或浮草式的半禪宗說法。其實小津片中的火車鏡頭更多，火車代表的當然是「現代性」（modernity）。小津沒有川端康

《早春》、《麥秋》海報

成那麼超然，或一味沉湎於傳統的美學境界，小津的入世哲學絕對是基於現代——一種日本式的現代生活，特別是在二次大戰剛結束的「青黃不接」的時期，「上班族」剛剛出現（《早春》），但上班族住的仍舊是老式的日本房子，所以在這個極有限的空間中就顯現了小津所獨有的「空白」哲學。

美國評論家——如 Noel Burch——往往以此爲根據談了不少小津的禪宗式風格。依此類推的話，我們甚至可以把日本人習慣坐在榻榻米上的姿勢也叫做「坐禪」！我認爲大可不必。其實日本和中國一樣，飲食起居是日常生活中的重要儀式，而小津的電影中更注重這種生活儀式，它是一種不斷重複卻不自覺的日常習慣，所以拍攝這種生活儀式時，鏡頭也必須是重複的，不能有任何驚人的視角和節奏。換言之，務必要求影片內和影片外的日常生活世界的一致。

小津作品中的這種生活儀式，可以從空間的角度來研究，例如人和物、人和人的對置關係，或鏡頭角度所捕捉的室內空間等等。然而我更感興趣的卻是時間問題。小津的剪接技巧是不露痕跡的，如不仔細看，往往會覺得自己和那幾個日本人生活在一起。但讓我自覺的卻是片中的空鏡頭，不但是房中的過道——在

人物進入之前的空間——而且是各種其他有關物的鏡頭：街燈、窗戶、衣架、桌子、榻榻米上的床被……每一個空鏡頭的時間過渡都是有規律的，我曾默默地數過：大概三四秒鐘，不多不少，重複時依然如此。這種重複性的空鏡頭，當轉向人物的中鏡頭時，也仍然保持同一個緩慢——但並不冗長——的速度，這種節奏，如果用音樂的術語就是 andante（行板），但非 adagio（慢板），我們之所以覺得小津電影的節奏緩慢，是因為看了好萊塢或香港的新影片太多，節奏不是太快就是太不規律，而且無謂的大特寫用得太多！小津的影片中很少有大特寫鏡頭，即使用面部特寫（最接近的特寫也包括整個頭部），它的時間也絕不故意拖長，有時候我會故意數這種鏡頭的節拍，當我本能地運用小津式的節奏說「cut」之前半秒鐘，鏡頭就自然地轉換了。

這真是鬼斧神工！我久久反思分析，還是說不出一個道理來，試想一部莫札特的《安魂曲》完全用同一個 andante 的速度演唱出來，或是舒伯特的《未完成交響曲》（我當年在新竹中學常聽的音樂），用同一個緩緩的速度奏出，沒有任何重音，而且「完成」了整整四個樂章！抑或是巴哈的 *cantatas* 一首接一首的唱出來，用同一個速度，不慢不快，不慌不忙，聽久了可能真會進入「聖樂之境」（或者會呼呼大睡?!）

小津電影的迷人之處，我認為就在於此。也許我是走火入魔，但入的是一個充滿人情味的日常生活的世界，小津織造這個世界，用的就是普通人物和空鏡頭。有時它也會越出常規，譬如在《晚春》中他用了一段很長的時間去拍攝片中父女同觀的「Kabuki」戲，表現了另一種更「正規」（formal）的儀式，看似與

劇情無關,其實用的是小津一貫的旁敲側擊,以此來「反測」男女主角的心態。

走筆至此,才感到我在文中所用的影片例子可能有誤,應該再去查證一次,然而回頭一想又不覺失笑,小津和王家衛一樣——應該說王家衛學的是小津——幾乎說的都是同一個故事,因此鏡頭出自何片並不重要,重要的是他的全部作品中的世界。這當然是一種「作家論」的說法,然而小津這個「作家」呈現出來的世界就是我們自己的生活:飲食起居、生老病死、悲歡離合……我們也會隨著小津影片中的人物度過我們平凡的一生。

維斯康堤的「總體藝術」
結晶：《浩氣蓋山河》

　　維斯康堤（Luchino Visconti）是義大利的名導演，也是一個馬克思主義者，但他本人卻出生於貴族世家，所以在他作品中構成一種特有的義大利的左翼美學。簡而言之，他所描述的不是革命、顛覆、暴動的過程或對將來的烏托邦社會的憧憬，而是對一個舊時代衰落的輓歌，用另一個義大利馬克思主義者葛蘭西（A. Gramsci）的說法就是：舊的時代已經過去了，新的時代卻痛不慾生。所以「現在」就變成了一個失落的、絕望的存在空間。不少義大利導演對於現代社會的態度都是如此，其中最突出的就是安東尼奧尼（Michelangeo Antonioni）。

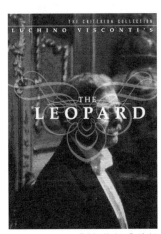

《浩氣蓋山河》海報

　　維斯康堤又和安東尼奧尼不同，因為他貴族出身的關係，所以對於「過去」的一代和失去的傳統備

極緬懷。然而他卻不像保守主義一樣，撫今傷昔之餘大嘆世風日下、人心不古。他的態度恰好相反：在過去傳統的光輝中他只看到一種必不可免的崩潰。換言之，他認為這個光輝燦爛的「舊世界」本身就存有一個詛咒，它早已被注定毀滅，所以光輝榮耀也就是一種餘暉，不但夕陽無限好，而且到處都充滿了死亡的陰影，太陽的光線愈強愈亮，它背後的陰影愈沉重。我就是喜歡維斯康堤的這股味道，和他相比，另一位更有名的導演貝托魯奇（Bertulucci）的作風相似，但就顯得有點誇張了。貝托魯奇的《末代皇帝》曾引起不少爭議，華人觀眾總覺得他對中國歷史不夠忠實，其實是沒有了解貝托魯奇的這股義大利式的馬克思主義情操。

維斯康堤的《浩氣蓋山河》是他的最佳經典之作，真是一部貴族式的史詩，全片從頭到尾，全長三個鐘頭，一氣呵成，而且看來十分「客觀」，毫無導演在背後故意畫龍點睛之弊（貝托魯奇的問題即在於此），讓人覺得這才是一個時代的歷史全貌。我近日在偶然機緣下購得此片的新出 DVD 版，雖然價格昂貴，但在老友鄭樹森慫恿之下，還是買了下來，回家觀賞後感到萬分滿意，就好像擁有一件價值連城的藝術品一樣。

❶

此片的原著也是一部經典，原作者 Giuseppe di Lampedusa 也是一位西西里的貴族，和維斯康堤頗為相似，但我看了原著的英譯本後卻有點失望——也是因為名理論家薩伊德在一篇文章中大讚此書才買來看的——因為我覺得作者在小說中「說」（telling）

《浩氣蓋山河》海報

得太多，但「表現」（showing）得卻不夠，也許他對過去那個時代知道得太多了，卻忘記抓住現代或現時感，這正是維斯康堤改編此片的成功之處。電影非同小說，電影無法涵蓋歷史，因為歷史中的時間性永遠不能「再現」於一部影片之中，三個鐘頭的時間怎麼能敘述整個十九世紀的後半部？本書的故事的背景就是十九世紀末葉加里波第（Garibaldi）領導的共和革命，但在書尾卻是失敗了，暫時保住的王朝也遲早會崩潰的。如何表現這個歷史的矛盾？如何把歷史的背景壓縮在戲劇的張力之中？

維斯康堤的表現手法就是著墨於幾個主要人物和仔細刻畫空間——前者也許是老電影的傳統手法，但後者則是維斯康堤在電影藝術上獨創性的貢獻。面對歷史的轉折和變遷，一個保守的貴族——原著和影片的主角薩里納王子——以不變應萬變。但電影的表現手法（特別在場景調度上）卻正相反，在一個表面上不變的空間中卻有千變萬化！我初看此片時（約在三十年前，看的是英語配音版，已經剪成兩個鐘頭）毫無感覺，但此次重看卻真是目不暇給。畫面上的細節太多了，加上還要看銀幕上的英文字幕，耳聽西西里口音的義大利原文，實在忙不過來，所以只有在片中無人講話的場景中才能感受到維斯康堤的大師風格。

畢竟是一位藝術大師，這部電影更是一部史詩型的電影巨作。「史詩型」並不表示場面必須大，而是注重細節的鋪陳，室內的布置在此片中更是出色。換言之，本片除導演外第一功臣就

是美術指導（Art Direction，而香港影片最不注意的就是美術）。美術指導設計包括所有的內景和服裝，更包括外景的選取和搭置，本片中有一大段是王子全家到避暑的小城古堡的情節，該片美術指導就大費心思，除了找到一幢恰如其分的古堡外，還需要搭置街景和門面，用以存真。在銀幕上看到炎日下那滾滾灰塵，我心中不禁對導演和美術指導——當然還有攝影——所下的大量工夫大為折服，只此一景就值回票價！

看電影不顧情節，是一般觀眾最難做到的事。而當今影片的節奏太快，一個鏡頭最多幾秒鐘，空間的細節往往被急促的鏡頭或特技掩蓋住了。看維斯康堤的電影，才能讓我的視覺神經真正舒展開來，感受到的是另一種目不暇給，就像看一幅歐洲中古的油畫，其中的細節太多了，需要凝神一看再看，有時還要像影片中那幾個軍官一樣，進得王子的城堡來，抬頭看屋頂上的壁畫，一幅接一幅，把這些人都鎮住了。多年來我觀影無數，很少有被鎮住的感覺，看完不久就忘得一乾二淨，此片是極少數的例外之一，稱之為經典絕非過譽。

飾演本片主角的是美國明星畢蘭卡斯特（Burt Lancaster，香港譯名「畢蘭加士打」似乎把他變成了武打明星），自稱此片是他生平最得意的作品。然而他說的義大利文卻是別人配上去的；英文版用他自己的美國口音，卻使此片的貴族味道大減，也是另一個矛盾。但影評家幾乎眾口一聲地讚揚他的體型上的雅致

（physical grace）：他的一舉一動——靜若狡兔，動若猛虎——儼然就是虎豹而非豺狼。這一個造型至關重要，因爲全片故事的主題就是由他的一段獨白道出，大意是說：我們這些虎豹都會絕種的，將來的世界都是屬於豺狼的。後者胡作非爲，甚至可以變成義大利的法西斯主義者。

　　片中和原著中另一個最重要的人物就是王子的姪兒譚克萊第（Tancredi），由亞蘭‧德倫（Alan Delon）飾演，他也把這個角色演絕了，甚至有點太可愛。但英俊的外表卻掩飾不住狼的本性——無論在愛情和事業上他都是一個投機主義者。維斯康堤對當代義大利社會的批評，幾乎集中在這個人身上。妙的是譚克萊第雖然一時參加了革命黨和紅襯軍，但歷史上的革命英雄加里波第

（被梁啓超讚爲「義大利三傑」之一），卻一次也沒有出現過。換言之，革命只不過是幾場背景而已，微不足道，但卻又無處不在，特別是在最後一場舞會中，貴族仕女和鎮壓革命的反動軍人聯歡，革命黨人即將於凌晨被槍決，而全場最得意的人就是譚克萊第，反而是王子本人感到末日即將來臨，於舞會後一個人在街道上躑躅獨行，最終跌倒在地，恰見一個神父匆匆走過去爲附近的一家人送終。這一場戲不但感人至深，而且較原著大幅描寫的王子之死緊湊多了。影史上改編超過原著的不多，這又是一個例子。

此片的女主角克勞黛‧卡迪娜（Claudia Cardinale），當年是國色天香，曾主演了不少經典名片，李昂尼的《狂沙十萬里》即是其一。但只有在《浩氣蓋山河》片中她才眞正發揮了潛能，不

維斯康堤導演的《浩氣蓋山河》

《浩氣蓋山河》海報

僅是她外在的「美色」，而且是她能夠把握住一個暴發戶家庭的「淑女」性格——天眞貌美卻沒有足夠的氣質，然而卻不自覺地成爲男人慾望的對象。她和譚克萊第在陳舊的古堡中調情的一場戲，時間甚長，但幾乎與劇情無大關聯，似乎是爲演戲而演戲，卻是全片的高潮。維斯

《情事》海報

康堤的處理手法，可謂與安東尼奧尼的傑作 L'Avventura（《情事》）異曲同工，後者的蒙尼卡·維蒂（Monica Vitti）表露的是現代女性的失落和慾望，她也是安東尼奧尼的「繆斯」。卡迪娜卻有一種古典美，更有義大利味，她受到維斯康堤的獨鍾，我一點都不以爲奇。如今她已人老珠黃，但仍在此片的「附錄菜單」中現身說法，彌足珍貴。

❸

在寫此文之時，我不停地重看片中的各重要段落，想找出一點細節的線索來說明我爲什麼喜歡此片的原因，卻又覺得徒勞無功，反而覺得有點沉悶。爲什麼我在從頭看到尾的過程中——整整三個小時——卻毫無悶的感覺，而且十分振奮？

我終於悟到維斯康堤影片的另一個特色——它的音樂感。我

維斯康堤導演的《威尼斯之死》

突然想到，維斯康堤也曾導演過歌劇，這部影片不像是一齣歌劇嗎？我甚至可以把它分成三幕：第一幕場景較多，包括王子的原宅、他的夜遊和姪子的見面、伯勒莫之戰等。第二幕則很明顯地從王子全家進入避暑山莊 Donnafugata 開始，其中的歌劇氣氛更濃：亞蘭・德倫和卡迪娜的嬉戲是一段很長的二重唱，而王子和那位議會代表（歷史人物加富爾的化身）卻又像男聲二重唱，可能最主要的旋律主題就由此唱出（我重看這個章節時，才發現兩人的坐和立的位置和角度不停在變換，而室內裝置的色彩和器物之仔細更是驚人）。第三幕最完整，就是那場足足半個鐘頭的舞會，該片的作曲家尼諾・羅塔（Nino Rota）也為之譜成數段舞曲，而以圓舞曲為主，最後的高潮則是老年王子和年輕美女的一舞。整個舞會中的細節更是驚人，從蠟燭到餐具，從眾多婦女的服飾到各軍官的鬍鬚，當然更有畢蘭卡斯特的各個面部特寫……即使他大部分時間是沉默的，但背後的音樂旋律讓人感受到他內心中的「詠嘆調」——維斯康堤把電影場景匯為歌劇，又把歌劇形象化變成幾百個互相連貫的鏡頭，美不勝收。但其中的「主旋律」則十分明顯，像馬勒的《第六號交響曲》的最後樂章。難怪他在導演《威尼斯之死》的時候不但用馬勒的音樂，而且乾脆把原著中的主人翁——詩人——變成一個馬勒式的作曲家。

也許這又是我走火入魔，但我也領會到：各種藝術仍然是相通的，維斯康堤之偉大之處，就在於他精通各種藝術——音樂、繪畫、室內布置、文學、戲劇——而現在的好萊塢導演卻只會玩電影而已，最多也不過是特技專業。我覺得惋惜的是：維斯康堤所代表的那個「總體藝術」的電影時代也過去了。

漫談戰爭片《大紅臂章》

❶

戰爭片是好萊塢電影中的一個「類型」，出品多不勝數，尤以「二戰」為背景的多，看多了也會看厭，特別是片中把德國士兵描寫得愚蠢萬分，俗不可耐，也有少數影片把德國軍人——特別是將領——描寫得頗有人情味，如詹姆士‧梅森主演的《沙漠之狐》。但大多數的好萊塢戰爭片皆是歌頌美國英雄，約翰‧韋恩主演的影片——如《硫磺島浴血戰》——更是如此，而且如出一轍，不論題材或導演功力如何，最終榮譽皆歸於一人——約翰‧韋恩！所以我一向不大看戰爭片，即使看也以演員名氣越小越好。當然有一個例外：《最長的一天》（其中也有約翰‧韋恩）可以說是集英美大明星為一體的巨片，不少朋友認為這部最長的影片是戰爭片的經典中之經典。

我最近買了一套 DVD 五片裝的老戰爭片，未看之前先檢閱各片的長度，這才發現五片中有四部影片超過兩個鐘頭，即使最

短的一部——《戰場》（*Battleground, 1949*）——也有一百八十分鐘。爲什麼老電影之中戰爭片這麼長，而相形之下警匪片又這麼短（平均只有九十分鐘左右）？我至今不得其解，可能原因之一就是戰爭片沒有一個完整的故事架構，描寫的是人物和場景——《坦克大戰》（*Battle of the Bulge, 1965*）全長一百七十分鐘，其中坦克戰爭場面至少有一個鐘頭。但原因不止此，可能喜歡看戰爭片的人會覺得影片太短了不過癮，而影片製作者也可能認爲，花了大量金錢、道具、雇用臨時演員，拍攝實景，如果只拍成一部一個半鐘頭的普通影片，未免太浪費了。所以《坦克大戰》才大費周章，先有「前奏曲」，又有「中場休息」，看了一部電影等於看了兩部。然而這種觀影習慣已經蕩然無存，可能當年在「影宮」（movie palaces）中看長片是一種超級娛樂享受，中場休息時有小販來賣爆米花和冰淇淋，像看球賽一樣。

對我而言，看戰爭片也較看其他類型的電影吃力，因爲我在心理上無法逃避銀幕上的炮火，別人可以作壁上觀，猶如古羅馬競技場中的觀眾，可以目睹活人相搏或被野獸咬死而覺得刺激，我卻不知不覺地回到童年的噩夢情景之中：日本人打來了！又要逃難了！在河南鄉下，父親在槍林彈雨中險些被射死，我雖年幼無知，聽見敵人的炮火聲也驚恐萬分。所以我對於戰爭片既不喜歡又嗜之如命，看的時候真會「深入其境」，嚇得生怕銀幕上的士兵被亂槍射死，而在死前尚不知子彈從何處射來。

戰爭是殘酷的，古云：「　將功成萬骨枯」，儘管影片歌頌的大多是將領（如《巴頓將軍》），我的心卻永遠爲那些默默無聞的士兵生死未卜的情景而悸動，所以我最喜歡的影片是下面要談

的《大紅臂章》（*The Big Red One*, 1980, Samuel Fuller 導演），該片精采絕倫，可謂戰爭片的經典之作。

　　如果把其他國家出品的戰爭片一併列入考慮，則可選的佳片就更多了：蘇聯的《大兵之歌》和《伊凡的童年》，波蘭的《鑽石與灰燼》和《地下道》，德國的《潛艇》……數不盡數。

　　港產片中的戰爭片絕無僅有，想是票房毒藥吧，我最喜歡的是以越戰為背景的影片：許鞍華的《投奔怒海》，吳宇森的另一部《喋血街頭》（*Bullet in the Head*）前半段也是越戰，真是慘不忍睹，太震撼了，我受不了（猶如當年看美國片《越戰獵鹿人》的感覺一樣）。

　　時代畢竟變了，「二戰」已成歷史，而這一代的觀眾已不知戰爭是何物，其實連戰爭片也不再賣座了，在美國，「韓戰」和「越戰」已成遙遠的回憶。恐怕只有我父母親那一代人，因為身歷其境，所以才感受最深。抗戰勝利六十周年紀念剛過，到處有各種紀念活動，但那一輩真正在戰火中受苦受難的人，至今卻已作古。

　　最近返美度假，偶在舊金山一家廉價超市購得一套五片裝的戰爭經典電影，其中一部名叫 *The Big Red One*（直譯是《大紅臂章》，指的是美國步兵第一軍團士兵所戴的紅色臂章），是山姆・富勒的作品，片長一百六十二分鐘，而且是「復原版」，即依照導演原來旨意而恢復原狀的影片。好萊塢大公司往往為了票房考慮，把影片任意刪節，不少導演皆深為不滿，所以在出品 DVD

版時有所謂「導演版」（Director's cut）。然而這部導演版卻是在富勒逝世後，不少有心人遵照他自己寫的劇本而復原的，從七千多呎的多餘鏡頭中，重新選擇剪接，使片長增加了四十多分鐘。我觀後大為驚服。自己以前從未看過，也不知港台地區是否公演過。

《大紅臂章》海報

此片的成就，可以和蘇聯導演塔科夫斯基的《伊凡的童年》相提並論，甚至尤有過之。全片沒有一氣呵成的情節，僅是幾個插曲連接而成，描述的是四個美國年輕大兵和一個老軍曹（李馬文飾）參加非洲和歐洲的幾次重要戰役的故事。當時的這四個年輕演員皆名不見經傳，只有馬克‧漢密爾（Mark Hamill）後來以主演《星際大戰》而出名。但此片從頭到尾都是李馬文的戲，他把一個歷經兩次世界大戰的老軍曹演絕了，遠較他主演的另一部經典片《十二壯士》（The Dirty Dozen）深刻得多。而四個年輕人則成了他的「四騎士」。

「四騎士」（The Four Horsemen of Apocalypse）原是聖經「啟示錄」中的原型人物，但在這部戰爭片中卻故意反其原意，變成四個年輕無知的士兵，在經過多次戰火鍛鍊後，終於長大成人。這一個「成長」的主題，當然在戰爭片中屢見不鮮，富勒的成就，是讓他們的經驗在人性和神性的兩個領域中去發展，而真正領悟到生死關頭的重大意義的卻是那個老軍曹。片中有幾個場景

——從開頭的受驚之馬和枯竭的十字架（以黑白攝影，作為第一次歐戰的回憶），到片中的坦克部隊裡為孕婦接生，到片末目睹的猶太集中營中的枯骨——都令人嘆為觀止，歷久難忘。其實「經典」最基本的意義就是難忘，不像現今的商業巨片，看完不到幾個小時就忘得一乾二淨。

❸

《大紅臂章》這部影片在一九八〇年美國上映時，似乎不受注意，直到此片的「復原版」DVD於去年面世才引起轟動。其中的大部分情節和場景，都出自導演山姆・富勒親身參加歐戰的經驗，彌足珍貴。二〇〇五年是第二次世界大戰結束六十周年紀念，看這部經典戰爭片更有意義。

生活在一個「後戰爭」的時代，這一代的觀眾已不知戰爭是何物，在美國更是如此，越戰已成遙遠的回憶，而中國的抗日戰爭，恐怕也只有我父母親這一代人念念不忘。我生於抗日戰爭的初年（一九三九年），兒時的回憶就是山頂上射下來的機關槍和炮火聲，真正在槍林彈火中出生入死的人，感受當然更深刻。此片結束時，敘述者（四個年輕士兵之一）作了一句總結，大意是說：「英雄的定義，就是有不少人要射殺你、而你卻沒有被射殺的倖存者！」中文「出生入死」是一句陳腔濫調，但對於真正身歷其境的人而言，那種經驗是無法言傳的。

《大紅臂章》的特色，就是用電影的形象和剪接手法，表現出這種一念之差而定生死的意義。片中有一系列諾曼地登陸的鏡

《大紅臂章》(上)、《辛德勒的名單》(下)

頭，在場面調度上當然無法和《最長的一天》相比，但其人性刻畫的深度則尤有過之。原來當時「隻身入虎穴」的偷襲戰術是被逼出來的，而非士兵自願；前面的人一個個倒下去了，輪到了你，在軍曹的槍桿子監視下，只好鋌而走險。富勒拍攝的這一系列鏡頭，讓我感到身臨其境，其中還有一個死去的士兵腹腸暴露的鏡頭，我看時並不恐懼，因爲早已看過史蒂芬‧史匹柏的《搶救雷恩大兵》中更殘忍的暴露鏡頭。但看完此片才知道史匹柏在抄襲，而眞正的開創者是山姆‧富勒。富勒親歷其境的感受，是後生小子史匹柏無法模擬的。史匹柏生於「溫飽」時代，兒時的回憶充滿了影片的幻想，所以他拍的戰爭只是爲了向歷史和此一類型的經典影片致敬。

我看了《大紅臂章》開頭的一個鏡頭——全部是黑白攝影，卻只有李馬文臂章上的一條線是紅色的——才恍然大悟：原來史匹柏的《辛德勒的名單》中的一個場景——全部黑白，唯獨有一個穿紅衣的小女孩——也是抄襲自《大紅臂章》！這種致敬式的偷換手法，是影痴們最津津樂道的「典故」。（老友鄭樹森乃此中大家，我們見面也往往三句不離這個「本行」！）然而從另一個角度來看，這種抄襲何嘗不是「獨創性」枯竭的表現？而更令我覺得反諷的是：這一代的影迷也只有從一些新片抄襲舊片的片段中去尋找原來的經典形象；換言之，現代經典早已成了「後現代」的副產品。好在 DVD 新科技，可以將經典還其本來面目。

《金剛》啓示錄

　　新版影片《金剛》（*King Kong*）前年在台港上映，有關該片的宣傳也挾排山倒海之勢而來，我卻不爲所動。不錯，大導演彼得・傑克森繼《魔戒》三部曲之後，執導此片，可謂不作第二人想。然而，三個鐘頭長的巨片可以令我感動嗎？內中至少有一個鐘頭是大猩猩金剛和各種恐龍怪獸——還有一條大蜘蛛——搏鬥的鏡頭，也許十歲小童會看得雀躍，但也未必，因爲有《侏羅紀公園》和迪士尼樂園在先，傑克森勢必在特技上使出渾身解數，才能引人入勝。

　　我的年歲日增，懷舊之情油然而生，昨晚還是忍不住重溫一次舊片——一九三三年首版的《金剛》，仍覺樂趣盎然。還是老金剛耐看，原汁原味，到處流露出一股蠻荒的野性，而用二十一世紀科技堆砌出來的新金剛即使表情再逼眞，還是假象。當然，對於像我這樣的老　輩影迷來說，舊版金剛中令猩猩王著迷的金髮女郎菲韋爾（Fay Wray），才是眞正的性感化身，就憑她在金剛掌中的那幾聲尖叫，就已經永

新版《金剛》海報

垂不朽，也把我幼年時代的青春慾望召喚了回來。

我初看《金剛》是在上世紀五〇年代台灣新竹的一家小戲院，我當年還是個初中學生，該片重映在台灣也沒有造成轟動。記得那是一個驕陽如炙的週末下午，我一個人溜進影院，因為無所事事，要打發一個週末的時光，最好的方法就是看電影。我走進那家小戲院，片子已經開映了一半，只好摸黑在後排找了一個位子坐定，就聽到銀幕上傳來一陣吼聲，原來猩猩王正和那隻恐龍作生死戰，迅即又躍出一條巨蛇，把猩猩的頸子團團圍住，我一向怕蛇，這一招真把我嚇壞了。半個世紀以後，我重看此片的DVD，還是不敢看蛇，先跳到片子後半部金剛被捉到紐約的場景看起，看完了再從頭看，待看到大蛇纏頸的鏡頭，不禁啞然失笑，這種特技畢竟是「小兒科」。

這種個人經驗，勉強借用弗洛依德心理學的話語來描述，也是一種「return of the repressed」──「被壓抑者的報復」，然而「被壓抑」的不是什麼集體禁忌，而是個人的童年回憶！我覺得在影片中那條蛇應該屬於陰性，甚至可能是金髮女郎的勁敵，她纏著金剛不放，是否更勾引起大猩猩對女郎的慾望？

這個詮釋，還沒有聽人談起過，然而此次重看，的確感受到大猩猩手握著菲韋爾的那一股情慾。內中有一個鏡頭，曾經遭到美國電檢處剪除：大猩猩一手握著金髮女郎，另一隻手卻在戲弄（撩撥）她，把她的下裙也撥掉了，菲韋爾的那幾聲尖叫，驚恐之外是否也帶點慾望的餘音？據聞新版的《金剛》中，女郎還故意討好金剛，甚至跳草裙舞，兩人同看日落，浪漫得無以復加，這該是一九七二年版《金剛》的延續。在那部令人大失所望的重

拍影片中，非但飾演女主角的傑西卡蘭芝（Jessica Lange）同情金剛，連她的男朋友也為大猩猩打氣，原片中的那股原始情慾卻消失殆盡。

老《金剛》中的這段「骷髏島」（Skull Island）情節，是在影棚中拍的，而且因預算有限借用了另一部影片的布景，就是因為它簡陋，所以更顯示出一股「蠻勁」（raw power）。法國人類學家李維史特勞斯，到巴西森林考察一陣子之後，創出一套「生與熟」（the raw and the cooked）的學說，也不過把人類史上野蠻和文明的對比用一種新的分析語言再描述了一次。但原版《金剛》可貴之處恰是把這種對立用形象電影表露無遺，甚至還蘊含了一種神話的色彩，所以此片可以一拍再拍，不下七八版，因為可以得到

不同時代不同觀眾的共鳴，甚至還召喚出一股內心深處的原始回憶。然而這種「原始味」，在科技發達的今天，也蕩然無存了。

此片的主題雖然是「美女和野獸」，而且在原版的片頭和片尾都早已註明，但真正令我在此次重看時發「懷古之幽思」的卻不僅如此，而是片子後半部的主題，我稱之為野蠻和文明的抗爭。

故事後半部說的是金剛被捕後，被送回文明之都紐約，本來要拍紀錄片的導演想出另一個更能賺錢的招數：把猩猩王在大戲院中作為「世界第八大奇觀」來展覽。片中的觀眾都盛裝赴會，票價貴到美金二十元一張（現今大概至少二百元）。三〇年代以降，美國大城都有這類宮殿式的戲院，也算是大都會文明的表徵之一（目前只剩下紐約洛克菲勒中心附近的雷電華音樂廳了），在舞台上表演的節目都是所謂「壯觀」的大場面（spectacle），包括大堆頭的戲水表演，Esther Williams主演的《出水芙蓉》即以此為背景。

原片中的一位女性觀眾說：「不知道這一次又要看什麼野獸影片？」另一位觀眾答道：「這一次看的是真正大猩猩。」真和假，以現代（或後現代）的眼光看來，已經不重要了，科技可以假亂真，電影中的大猩猩一定也比真的更壯觀。原版《金剛》中那個紀錄片導演拍的還是默片，現在則是身歷聲和大銀幕織造出來的科技大場面，誰還要看真人真獸？也許只有幼兒還想到動物園去玩，十幾歲以上的人都寧願看電影。而電影更是二十世紀物質文明最發達最有效的「利器」——殺死金剛的不是美女，而是物質文明。

這就必須提到片中的最後高潮了：為什麼金剛要手握美女爬上當年最高的摩天大樓──帝國大廈？（七六年版的金剛則爬上更高的世貿中心，「九一一」後當然不行了，所以現在又回到帝國大廈。）除了象徵意義外，在劇情上是講不通的。一九三三年，帝國大廈還是一座年代不久的嶄新建築，是資本主義的「大教堂」，然而當年適逢美國經濟不景氣，一九三一年開始的經濟大蕭條，使得不少人跳樓自殺。大猩猩爬上帝國大廈，難道不也是代表另一種受到經濟壓迫的人性的反抗？也難怪當年的觀眾和後世的改編者同情金剛了。

　　我初看時就為金剛被四架飛機打死而叫屈，但現在卻不敢作如是想了，「九一一」的啟示是：即使沒有金剛，飛機也會撞上摩天大樓。對「文明」的不滿，又豈止是一隻大猩猩足以代表？昨晚看完《金剛》後，不禁又突發奇想：如果香港片商也想再重拍此片的話──日本人重拍過至少兩次，還發明另一個大怪獸酷斯拉（Godzilla），把金剛引到富士山頂去和他對決──應該怎麼辦？亞洲的「金剛」該爬上哪一幢摩天大樓？吉隆坡的「雙子星」？上海浦東的經貿大廈？台北的「一〇一」？還是將來更高的世界第一樓？

輯二
影評重拾 ）

此輯文章，大多為三十多年前我作學生時的習作，觀點頗為偏激，留此存照

影評現況

「影評」這個名詞，可謂是二十世紀文藝批評界的新寵兒，它不似文學批評有千年以上的歷史及各種派別。但其在今日的重要性卻不亞於文學批評。原因無他，今日電影的普及性遠遠超過文學，很少人會耐著性子看完托爾斯泰的《戰爭與和平》，但經過金維多的銀幕手筆，幾乎每一個人都可以由奧黛麗‧赫本的一顰一笑中認識了納塔莎（Natasha）。

作為一個影評家，至少就其在中國而言，是一件吃力不討好的工作。寫影評的人除了要熟悉明星掌故外（譬如說納妲麗華是華倫‧比提的新歡，華倫是瓊‧考琳絲的舊愛，瓊的新情人是羅伯‧韋納。而韋納的前妻卻又是納妲麗華），更要對電影藝術的各方面——諸如導演、攝影、配音、剪接，甚而什麼「音畫對位」、「蒙太奇」等特殊技巧——有相當程度的研究。此外，很多電影都由文學名著改編而成，因此影評家又要身兼文學批評家

的角色，對中西文學至少要稍有涉獵。他更要不斷搜集新資料，從一些外文書籍雜誌中得知一點世界影壇的動態，否則就會趕不上時代，或是隨波逐流，人云亦云，把「大膽暴露」或快節奏視爲「新浪潮電影」的特色。影評家之苦，非箇中人士或像筆者那樣同情心太過豐富的影迷，是不會眞正了解的。

然而，影評「家」們並不能以此作爲濫竽充數的藉口，好的影評和好的文學批評有同等重要的價值，也有同樣重大的影響。人常曰電影有教育的功效，慾使這種功效彰顯，影評家要負大部分責任。至今人們對電影「藝術」將信將疑，甚至於嗤之以鼻，也可以說是影評的基礎不穩固所致。試觀英國文學史，莎翁在世時，其作品還不是僅供當時人們酒足飯飽之餘消磨時間之用？直至十八世紀末浪漫主義勃興之時，才有像 S. T. Coleridge， Charles Lamb 等人首創「欣賞批評」（Appreciative Chricism），去發掘莎士比亞作品的眞正偉大之處。但今日的影評界，眞正能做到「欣賞批評」的影評家，眞是少之又少。影評不是小說，不能僅依靠一枝生花妙筆，敘述電影故事與影星的表情，就算了事，使讀者閱後茫然無所獲，倒不如乾脆寫一兩句：該片很好或此片太糟，來得有用。就筆者每日閱讀影評文章的經驗，在看後眞能使我有所獲的影評家，也只有汪榴照先生、白克先生及魯稚子先生等數人。而其他言之無物、錯誤百出的人卻是車載斗量，不可勝數。

究其原因，除了上述「影評不值錢」的理由外，主要是影評家個人的素養問題，至今寫影評沒有固定的法則，也沒有專人指導，即使在美國，也只有少數大學新聞系中聞有「影評寫作」的專門科目，然而，也許是外國人拍電影比中國早幾年，歐美對於

影評方面的成就，畢竟比我們高多了，檢討之餘，我們不得不向洋人借鑒。

❷

　　歐美對於電影理論的貢獻，首推俄國的愛森斯坦。這位俄國大導演生前寫的許多電影藝術的論文，至今仍被學電影的人視爲圭臬，其對電影藝術之重要影響有如斯坦尼斯拉夫斯基之對於舞台表演。此外，法國的文藝界巨人科克托、導演雷內・克萊爾（René Clair）也有許多電影理論著述。美國雖對電影藝術理論的貢獻不大，但在電影史、電影技巧及傳記的收集及出版方面卻貢獻不小：電影史作家劉易士・雅各布斯（Lewis Jacobs）的巨著 *The Rise of the American Film* 是一本淺易而有價值的好書。克勞瑟（Bosley Crowther）描寫米高梅興衰的 *The Lion's Share* 曾獲得舉世的讚賞。寫電影技巧的人往往自己就是影片攝製的實地工作者，如拍過《花都舞影》、《茶與同情》等多部影片的名攝影師奧爾頓（John Alton）即寫過一本有關攝影的技巧的書——《光的繪畫》，該書深入淺出，外行人及內行人讀之皆可獲益不少。至於電影傳記的書籍，更是不計其數。好萊塢的作家、導演，有不少人寫自傳（香港的易文先生曾翻譯茂文李洛埃的自傳 *If I Takes More Than Talent*。中文書名似爲《好萊塢工作實錄》），明星寫自傳的更多，甚至如莎莎嘉寶之流也有傳記，台灣甚至還有翻印本。

　　由於這些書的「薰陶」，外國的影評家在資源後盾上，已經

占了先機。此外，歐美對於影評的重視，也不是我們始料所及的。法國有專門研究黑澤明的組織，「新浪潮電影」的創始人夏布洛爾和楚浮，皆是影評家出身，他們竟然能在法國影壇鼓動風潮，造成時勢，創造自己的一派，也是我國的影評界意想不到的。美國對影評家，也非常推崇。上述為米高梅作傳的克勞瑟，就是美國影評界的太上皇，他在《紐約時報》上的一字一句，可以影響一部影片賣座的好壞。《星期六評論》的奈特（A. Knight），曾受聘為迦納影展的評判人，又曾在各大學作專門演講，其地位不亞於名教授。甚至美國的許多作家及文學批評家也願意寫一點影評文章（這是台灣的文人所不齒為之的）。名作家舍伍德（Robert Sherwood）即曾專著一書（*The Best Moving Pictures of 1922-1923*），評論一九二二至一九二三年間的佳片。耶魯大學的名戲劇教授加斯納（John Gassner）也屢於其著作中評論影片，他與已去世的編劇家尼科爾斯（D. Nichols）合編了數本「電影劇本名作選」。

在美國一般報章雜誌的電影欄目，其影評也是由專家執筆的。不但內容充實，見解獨到，而且文筆之美，可以作小品文讀。如《時代》雜誌的電影版，其文句之精練，較該刊之國際或美國本土新聞版尤有勝之。筆者曾在《台大青年》另文列舉該刊對《雄才怪傑》及《魚水重歡》（*The Facts of Life*）二片影評用字之妙。現隨手翻閱一本舊書的《時代》雜誌（一九六一年十一月十七日出版）的電影版，其中文章又不乏拍案叫絕之作。該版介紹了三部平凡的影片，用了三種不同的筆法，首先評論一部俄國影片《夏日難忘》（*A Summer to Remember*）；第一句話的前半部

分呆呆板板，有如官方式新聞報導。

> *A Summer to Remember* is a Russian film, the sixteenth in the current exchange programme …（《夏日難忘》是一部俄國影片，爲最近交換節目項下的第十六部……）

但不出短短的三行，該刊潑辣的「頭韻體」（Allteration）就出現了，現繼續照抄第一句的下半部分：

> … that will surely suffer at the U. S. box office from the painful pre-release publicity divised by the A-bombinable Showman in the Kremlin.

該文論此片在美必不賣座，原因是事先宣傳得太厲害。此半句的意義本屬平常，但一連在三個字的字首用「P」字作頭韻，不但使文字頓然生動不少，而且念起來其音有如對俄國人的當頭棒喝。最後竟然把「原子彈」也用進去變成形容詞（A-bombinable），這一筆就把蘇俄的影界人士（Showman）挖苦透了。

這一版所評論的第二部影片，是福斯公司發行的一部西部片，由「老西部」約翰‧韋恩所主演的《蓋世雙雄》（*The Commancheros*），此評論所使用的字眼竟一反前文，完全是西部土話，使人在讀此文時，似乎就嗅到了牛仔氣息。如該文第二段說，劇本沒有什麼，就乾脆直截了當用「Plot ain't much」。但作者仍不忘他的拿手好戲——頭韻，所以在形容扮演壞蛋的李馬文

時也牛刀小試，用了「the big bold badman」，而以「b」作頭韻。

　　第三部影片是康妮・史蒂芬絲和脫埃唐納荷主演的《鳳凰谷》（*Susan Slade*），這是一部庸俗的催淚影片，可評論者卻用了兩個最不平凡的字，該文第一段最後一句是：

It is the lachrymasterpiece of the year, a truly elephantine sniffle.

　　用「lachrymasterpiece」（「催淚劇作」，為該作者所自創），可謂妙極，但此字甚長，為避免尾大不掉之勢，作者立刻又在此句後半用了「elephantine」，意指銀幕上眼淚來勢洶洶，實則表演笨拙，不夠流暢自然，用此字不但意涵極廣，且使全句在音的節奏上，得以平衡，英文用字的造詣能夠到此程度，實在令人佩服。

　　我之所以詳細列舉《時代》雜誌的文章，並非在討論英文修辭，也不是在長他人志氣，而純係舉「他山之石」之意。

　　寫影評的筆調，無固定法則，作嚴肅性大塊文章可，作幽默性之閒談隨筆亦可，主要是視討論之題目與對象而定。大凡報章雜誌上每日一篇的影評，應以精簡生動為宜，切不能落入俗套，每篇皆是先說故事，再談演技，最後作結論，如此，讀者會有千篇一律之感，甚而厭倦之餘棄之不顧。筆者認為，如寫介紹性的影評，筆調宜親切，如日常聊天。屬於較嚴肅的探討性影評，宜

採重點主義，好的片子，要不厭其詳，多作分析，尤應注意導演的手法，甚至可以由數人執筆，以不同的角度探討同一部影片。此種方式，對於提高觀眾的欣賞力和 taste，有莫大的助益。惜乎近年來這種「大堆頭」作風，只針對一意到國外獲獎的國產片而已，影評界已鮮有此風了。至於劣片，則根本不必浪費筆墨，三言兩語各作交代足矣，除非是理應成功而結果失敗的片子（如伊力卡山的《狂流春醒》）才值得詳細分析其原因。

所謂「理應成功」往往是指成就一向甚高的導演或明星的作品。每一個人都會犯盲從權威的毛病，如「懸疑大師」希區考克的作品，並非每一部都是佳作，《驚魂記》就是一部虛有其表的「水皮」巨作，影評家遇此情形，應嚴加撻伐，甚至不惜冒個人偏見的危險，絕不可畏於某大牌導演的盛名，對其拙劣的作品濫用優美的形容詞。美國的權威影評家們，在這一方面是毫不留情的，例如《賓漢》一片，人人讚好，得了十一項金像獎。甚而《時代》雜誌也推讚有加，唯獨《老爺》雜誌的影評人把它貶得一文不值。西席‧地密爾的《十誡》，《時代》雜誌不但以極小篇幅介紹，而且用語刻薄，記得該刊把此片中所配上帝的聲音形容為電視上肥皂廣告的聲音，其「狠」由此可見。該刊還對片中許多猥褻場面大加攻擊，結果，西席‧地密爾不得已只好把片中某些部分重拍。

這種做法，雖往往出於個人的偏見，但對觀眾和電影製作者雙方面都是有益的。筆者在此且再扯一句題外話：在美國劇壇以《蘭閨春怨》（*Come back little sheba*）、《野宴》（*Picnic*）、《巴士站》（*Bus Stop*）等名劇顯赫一時，曾被認為是當代美國三大劇作家之

伯格曼導演的《處女之泉》

一的威廉·英奇（William Inge）的《玫瑰花落》（*The Loss of Roses*）
在美上演，由《蘭閨春怨》一劇的名伶秀蘭布絲領銜主演，結果
演了不到一百場，就被紐約各報的劇評家轟了下來，威廉·英奇
一氣遠走加州，在加州教書並暫時改行編電影劇本。他受此打擊
之後，戰戰兢兢，慎重行事，終於完成《天涯何處無芳草》
（*Splendor in the Grass*）這種無懈可擊的劇本。

　　然而，要建立這種批評權威，並非是一朝一夕的事，歐美的
電影理論作家多係飽學之士，對於電影藝術的研究可謂已臻其
極，否則他們對於像亞倫·雷奈的《去年在馬倫巴》或瑞典導演
英格瑪·伯格曼的作品，就會茫然不知所措。一個人的藝術的

taste（此字無法中譯）並不是天生的，主要是靠教育——靠苦讀。就以上述二人爲例，亞倫・雷奈的《廣島之戀》被公認爲是「新浪潮」電影的最佳作品，但在台灣的票房甚慘。該片的確有很深的意涵，一般觀眾無法看懂，必須由影評家事先對此片詳加分析，舉出片中最易令人困擾的幾點，如時間的交錯、人物的象徵（男女主角各象徵一個城市，尤其是片中日本男主角純係象徵）、其反戰的隱喻……觀眾於欣賞電影時始能感到津津有味。同樣的情形尚有田納西・威廉斯的《流浪者》（*Orpheus Descending*），如不知古希臘奧菲斯的神話，欣賞這部影片，必然要大打折扣。

再以大導演英格瑪・伯格曼爲例。他的影片到遠東來的恐怕只有《處女之泉》，可謂是題意最淺的一部。該片改編自民間故事，主題明顯。然而，他自任編劇的影片大多沒有明確的主題，他自己也說：電影與音樂最爲相似，最主要的是節奏。（詳見其在 *Four Screenplays of lngmar Bergman* 一書中所寫的前言，我們如僅從其主題分析著手（許多影評家性喜如此），則完全失去意義。電影和其他藝術品一樣，其目的不全在外表上的說教（didactic）功用，而更重要的是觀眾在精神上、心靈上所得的感受。

《好望角》一九六三

詩的電影

××：

　　記得我們在台灣當大學生的時候，課餘之暇或酒足飯飽之後，也曾提起筆桿，在一家晚報上寫一些影評，互相吹捧，留美數年，由於課業的繁忙，我是早已無心再搖筆桿，但對於看電影仍然樂此不疲，看電影成了我在美國唯一的娛樂，積近四、五年來在美觀影的經驗，我近來突然又想搖起筆來，寫一點感想。但我看的新電影愈多，愈不敢寫正式的論文，只好以書信的方式寫，算是你我的閒談與敘舊，其他有心人有興趣的也不妨一讀。

　　我覺得我們在台灣寫影評的時候，在形式上受到當時的幾位「名影評家」的影響很大，雖然在內容上我們是時常反駁他們的意見的。我們常談某個導演的「手法」、某個明星的「演技」、某一部影片故事的內容、某些鏡頭的「象徵」作用以及鏡頭的角度等，近來我覺得這些形式上或分類上的名詞恐怕早已過時了。

　　我們當年所看的電影當然以美國片居大多數，也許可以談希區考克的手法，文森・明尼利（Vincente Minnelli）在某一部片子（譬如 *Some Came Running*）中某一個鏡頭的彩色處理，或研究

《夏日痴魂》（*Suddenly Last Summer*）中的兩性心理或象徵鏡頭。因為美國電影在傳統上是分工的，有製片、導演、編劇等等，各有專責，一部電影的基本意念，往往是原著小說或劇本中的意念，然後用電影的技巧——對話、演員的演技、鏡頭的配置、剪接等等一一把它表現出來。所以影評人也就分角度論述某一部電影的劇本好壞、鏡頭角度、演員如何。總而言之，由於傳統電影的分工，我們也就分開論述，於是一篇篇影評在形式上都成了八股——先談故事、再談演技、再談導演手法等，最後我再加兩句俏皮話收場。

我在芝加哥的那一年——即來美的第一年，看了很多瑞典導演英格瑪・伯格曼的電影，由於興趣大增之故，又去買了一本 *Four Screenplays of Ingmar Bergman* 來讀，發現這位導演在自己編寫的劇本中，幾乎沒有鏡頭，也沒有用什麼電影術語，讀起來儼然是一篇文學著作，然而這就是他用以拍攝的劇本！我逐漸有所感悟：我們對於伯格曼的電影，已經無法再「分論」了，他的電影中許多是沒有故事情節的〔譬如《第七封印》（*The Seventh Seal*）〕，演員的演技幾乎無懈可擊，鏡頭的安排與剪接乾淨俐落，如果我們當年的筆法，除了讚好以外，實在沒有什麼好說的。伯格曼的電影又使我感到我們當年的影評非「敘」即「評」，不是描寫就是謾罵，很少做過研究的工夫。換言之，伯格曼的電影使影評人的責任更進了一層，使我不禁想起柯勒律芝對文學批評的意見，要論伯格曼的電影，勢必要像寫一篇文學批評的 paper 一樣，找參考書，仔細推敲，設法了解一部作品，嚴格地說，對某些影片，你我已經沒有資格再來「評」了！

顯然地，伯格曼的每一部電影，多少有一個中心意念，他的近作有一個共同的主題：現代人的「疏離」（alienation），對於神以及其他人之間溝通的困難。你可能認為這已經是陳腔濫調，念過幾本存在主義的書的人早就知道，然而電影吸引人之處不在理智上的了解，而在心靈上的感覺，有些地方是不能用理智來分析的，更談不上是否合乎「情理」（很喜歡看國產片的人特別注意此點）。伯格曼的電影，與其說是敘述故事，不如說是表現許多作者從這些境況（situations）中探討他在思想上最迫切的問題，如果我們專論其故事是否緊湊，演員演技是否精湛，攝影是否美妙，實在有點大異其趣。電影的一切技巧──包括演員的演技在內──伯格曼皆只是用來探討他個人的許多意念的工具，但由於電影的功能，使我們在心靈上、情緒上得到很大的感受，否則伯格曼大可以坐在打字機旁寫哲學論文了。換言之，伯格曼的思想與意念，是由許多戲劇化或非戲劇化的境況經由電影這一個工具或媒介表現出來，我們也唯有從這一個特殊的媒介去體會他的思想。

　　就電影的 style──特別是攝影機的運用──而言，伯格曼仍然是一位「過渡性」的人物。由於他對哲學意念的重視，銀幕上的每一個鏡頭，都是他的這些哲學意念的「形象化」（英文勉強可稱之為 visualization），有了思想意念，才有鏡頭角度。攝影的作用，仍然在記錄或表現這些意念，它的作用是次要的，攝影機本身並不扮演任何角色，銀幕上的 images 所表現的仍然是客觀的境況，所以我們在看伯格曼的影片的時候，很難感覺到攝影機的存在。這一個傳統──我且稱之為「記錄的傳統」──在影史上是很舊的，在美國影史上，從卓別林，一直到約翰‧福特和喬

治·庫克皆是如此。卓別林的滑稽影片，完全是他個人的表演，全片的意義也是由故事和演技而來，攝影機除了記錄以外，沒有其他功用。約翰·福特影片中的美國西部，是一個偉大而無可否認的客觀環境，在這個環境中發生種種悲歡離合，紅番或白人的故事，他的攝影一向很少移動。庫克喜歡訓練演員，使其演技到達巔峰，然後則以攝影機記錄完事。好萊塢有一種教條：觀眾愈不感覺到導演手法或攝影機的存在，則拍出的片子愈好，伯格曼只是在技術上更進一層而已，並沒有完全脫離這個傳統。伯格曼之新，我認為是他揚棄了另一個老傳統——敘述的傳統。

　　二十世紀六○年代以前的電影，絕大多數都是敘述性的（narrative），有故事、有情節，它的語言是散文。它和傳統的小說一樣，用散文（在電影上當然是攝影鏡頭和剪接）來表達時間的次序和空間的幅度，文字、章節只是一種工具而已。然而在詩

中，時間和空間往往不是像用散文寫的小說一樣，必須從頭到尾念完後才能得到的。一首詩的意象或含義是整個的，沒有時間上的次序。而且，詩的文字——其音節、韻律等等——並不只是工具而已，它就是詩的整個意象或「境界」的一部分。六〇年代歐洲的新電影，也有這種「詩」的趨勢。我說過伯格曼的影片是表現一種境況，其本身已打破了時間次序的限制，加上哲學上的內涵，在空間上也不是那麼「切實」。譬如：《第七封印》的「故事」是發生在歐洲中古時期，但究竟在哪一國或哪一年則無關緊要。在伯格曼自己看來，這種境況是不受時空的限制的，因爲他們都是人類思想及生活上的共有問題，所以我們很難再把他的作品喻作「散文小說」，或者可稱之爲「散文詩」。至於近年來法國、義大利兩國的幾位導演——特別是安東尼奧尼、費里尼、高達和楚浮等人——的作品，不但在內容上，而且在形式上也邁入了詩的境界，在他們的作品中，攝影機已經不再是一種工具——甚至也不如 Astruc 所謂的「導演的筆」，畫面和剪接，就像文學上的詩的韻律、節奏和 metaphors 一樣，就是全「詩」（片）本體的一部分。它不一定有故事或情節，更不必有時間先後的次序（Alain Resnais 的作品是很明顯的例子），它給觀眾的意象和詩一樣——是整體的。義大利的名導演帕索里尼最近有一篇演講詞，就叫做〈The Cinema of Poetry〉（詩的電影），原文刊載於 *Cahiers du Cinema* 法文版第一七一期（一九六五年十月），英文版第六期（一九六六年十二月），立論精湛，我近來觀影的許多感想，皆被他一語道破，所以我現在只好爲他的論點作些詮釋和引申的工作。

　　由於電影中詩的趨勢，攝影機扮演了一個新的角色，因而牽

連到一個非常有趣的問題。我們且以安東尼奧尼的兩部作品爲例，在《紅沙漠》（Red Desert）中，女主角是一個神經質的少婦，全片大部分的畫面，是由她的眼睛看出來的世界，因此角度和彩色往往與正常人所見的不同，攝影機不但是她的眼鏡，而且是她的心靈。《春光乍現》（Blow up）片中，男主角本人就是一個職業攝影師，他處在不同的世界——模特兒的世界、自己的生活、倫敦的種種新奇現象——因之攝影機的運用更複雜，因爲它需要「感受」多種不同的現實。所以，攝影機在影片中的存在必然是主觀的，但在傳統的電影中，故事的背景是客觀的現實，攝影機的功能僅是記錄客觀的現實——譬如神話片或神怪片——它的存在是客觀的，是在電影本身之外，導演和觀眾對於客觀的現實，也從來沒有懷疑過。新的「詩的電影」，發現現實是多方面，而且是因個人的主觀而異的，所以「寫實主義」這個名稱已經沒有太大意義了。這個解釋現實的

安東尼奧尼導演的《春光乍現》

問題，何嘗不也是古今文學史上的一大問題？奧爾巴哈的那本名著 *Mimesis* 就是討論文學家——從荷馬到維吉尼亞・伍爾芙——對於現實的表現（representation of reality）的問題。

　　對於攝影機的主觀性，可分兩方面來說，一方面攝影機所表現的畫面是劇中人物所看到的現實，帕索里尼所舉的例子是《紅沙漠》中女主角進醫院的一個鏡頭，她進去時醫院前的花是模糊的，因爲她眼中的花是如此，待她進門後，畫面上的花變得清楚了，因爲正常人的眼中花是如此。事實上，所謂正常人眼中的現

實，也是導演自己想像到的日常現實。因此，我們又可談到攝影機主觀運用的第二方面：攝影機所表現的現實是導演自己所看到或感覺到的現實。這一類電影最明顯的例子當然是高達的作品，他所有的影片的世界，完全是他個人的世界，片中人物生、死、吃飯、男女歡愛，有一種冷淡而「庸俗」的風格，他們都是「非道德」（amoral）的，似乎不把生死看做大事，但他們的生活非常地「深刻」（intense）。這一種現實中有許多滑稽或荒謬之處，與其說是片中的人物認為如此，倒不如說是他自己認為如此。在他的眼中根本無所謂客觀的現實，更無所謂社會所公認的價值。

這是一個意義深長的趨勢。我在費里尼、楚浮、路易‧馬盧（Louis Malle），以及英國的克里夫‧多納（Clive Donner）（譬如 *Nothing But the Best, What's New Pussycat*），以及李察‧萊斯特（Richard Lester）（The Beatles 演的兩部片子）的作品中，都發現到它的影響，如用社會學的術語而言，這個趨勢不但「主觀」，而且是極端「唯心」的，但它代表六〇年代電影藝術的新境界，這是好萊塢的大部頭電影或蘇俄的「社會寫實派」影片難達到的。因為它主觀，它也是極端「個人主義」的產物，它代表導演個人的 vision。所以法國 *Cahiers du Cinema* 雜誌的影評家們，早已創出所謂「作家派」或「作者論」的影評方法，非僅研究一個導演的「手法」，而且研究他整個的人生觀和藝術觀。

關於這個新趨勢，我們從傳統電影中，只能找出少數的先例，在美國影史上，最有名的當然是奧森‧威爾斯（Orson Wells）和希區考克，前者的《大國民》（*Citizen Kane*）可謂是探討多方面現實的開山祖師，而後者偉大之處，也在於他對於攝影機運用

奧森‧威爾斯導演的《大國民》

上的建樹。希區考克作品中有許多情節是牽強附會的，也很少有哲理，他近來的幾部片子——如《驚魂記》、*Spellbound*——對變態心理的描寫也很膚淺，但他的許多鏡頭所表現的意象，似乎已超過故事和情節的需要，而且有種新的內涵，表現一種新的現實。法國新浪潮電影導演對於希區考克佩服得五體投地恐也與此有關。攝影機既有了主觀的存在，畫面的本身就是主觀現實的一部分，新的電影——誠如帕索里尼所言——既已進入了詩的境界，我們以前「分論法」的不負責任的影評，當然就無法再適用了。我們只能把一部電影作為一個整體，不分其意念上及技術上的成就，來設法了解一個導演的 vision，有時候還勢必要把一個導演的許多作品來作比較研究。「好」或「壞」的價值判斷也不能任意亂用了，因為這是電影藝術上的新趨勢，我們摸索新的準繩或尺度去衡量它，所以我個人也實在不敢再寫正式的影評了。

《西潮的彼岸》一九六七

電影的構思與造型

　　最近享譽國際的名片《查案記》（*Investigation of a Citizen above Suspicion*），實在是一部了不起的電影，筆者對此片最為激賞的是全片構思的絕妙。

　　所謂「構思」，筆者是指一部電影的基本意念或意涵，也可以說是一部影片除了情節故事以外的「內容」。且以《查案記》為例。

　　這部佳片的情節，並不驚心動魄，片子開始就指出殺人的兇手，但其不凡之處是這個殺人兇手卻正是警察局專辦凶殺案的警長，所以在法理上他是「嫌疑之外」。警官殺人這一個主題，也並不見得新奇。但《查案記》卻從警長的反常心理去探討法律上的一種荒謬邏輯：警長的任務是擒凶，因此警長自己變成兇手這一假設，在法理上是不能成立的，換言之，執法的人本身在法律之外。但是這位警長卻故意留下許多線索，來測驗自己這一套荒謬邏輯的正確性。卡夫卡的小說──《審判》、《城堡》──往往描寫一個人無緣無故地等候審判，卻不知罪名，《查案記》描寫一個人故意犯罪，等待審判，偏偏得不到罪名。這兩種情況看

似相反，其荒謬則一，所以本片末尾也引了一句卡夫卡的話。《查案記》為一般謀殺作了一個翻案的工作：把情節完全顛倒過來，卻在一反常態的過程中，探討許多大問題——人世間有無絕對公理？執法的人犯法，是執法者有罪？還是法律有罪？一切制度和宗教創始者，自己是否一定不可能犯錯（infallible）？這一連串的問題，都是本片故事情節以外的內容，也是本片「構思」的不凡之處。

由於《查案記》有了這種新奇的構思，在效果上已經事半功倍，而且也連帶的使男主角的造型顯得非常突出：他到處呼叫喧嚷，為的是掩蔽自己的心裡不安；他三番五次地高呼法治和公民權，而事實上他心裡對此早已發生疑問。而且，這一個心理不正常的人，一方面在情婦面前如同嬰孩，另一方面在同事面前又形同「超人」，對於這些庸碌無知的警察，他感到厭倦，而對於掌握他心理和生理把柄的情婦，又感到惶恐，極思報復。男主角造型的突出，使此片增加了不少深度。

除了《查案記》之外，近年來西方電影以故事構思取勝的例子很多，一時想起的有：史坦利‧庫柏力克的《奇愛博士》（原子彈是不能開玩笑的，但當戰略空軍的將軍發瘋的時候，投原子彈而造成世界末日就會像開玩笑那麼簡單）和《二〇〇一：太空漫遊》（人類理性科學發展到了極限，卻到了非理性的神話世界；達爾文的進化論是否可以輪迴？）、薛尼‧波拉克（Sydney Pollack）的《擺命舞》（人生的舞台成了馬拉松舞場，在跳舞的人群中可以看出人生百態）、約瑟‧洛西的《僕人》（主僕地位顛倒，僕人喧賓奪主，主人成了奴隸）、富蘭克林‧沙夫納的《浩

劫餘生》（猴子與人類的地位顛倒，猴子智力發達，控制世界，人類成了走獸）、香港禁映的《逍遙騎士》（*Easy Rider*，彼得·方達騎了摩托車，衣背上繡了美國旗，自稱「美國隊長」周遊美國時卻處處遭受美國人的冷眼和歧視）等等，不勝枚舉。這些影片的構思，當然得力於編劇者極大。

另外的一種構思，可以希區考克的作品爲代表，希氏最關心的不是故事的情節是否合理，而是如何在技巧上營造超人一等的鏡頭，以此吸引觀眾，這一種技巧和畫面上的構思，往往有三種效用：（一）緊抓觀眾的情趣，（二）使其他電影界的行家（如楚浮和夏布洛爾）嘆爲觀止，（三）表現一種哲學上和心理上的境界。且以希氏近年來的得意作品《北西北》爲例，片中殺蟲飛機行凶的一幕，不但使觀眾緊張得透不過氣來，而且導演手法的「招數」奇特，一反普通謀殺片的成規：一般的謀殺片導演往往利用黑暗的氣氛和場景——如深夜的街角、熄了燈的屋內——來描寫兇手逞凶，但希區考克卻利用了晴空萬里下一望無垠的麥田，毫無陰影，使兇手無處可躲，唯有從天上駕機而來。這一種構思不但收到了離奇之效，也引起一種「荒謬」的感覺：一個正常的人，在一種正常情況下，卻突然會受到不正常的襲擊。加利·格蘭所扮演的角色，本是一個活得安分守己的人，但卻被誤爲間諜，於是，美國中西部這片典型的麥田，頓時就成了屠場，所以楚浮認爲希區考克的電影有一種「夢魘」的境界。

希區考克構思絕妙，於是二流導演就開始抄襲了，《〇〇七》片集的泰倫斯·揚，就仿照《北西北》中的飛機殺人而啓用直升機行凶，但效果就差遠了。泰倫斯·揚畢竟是庸俗之輩，在《殺

手群英會》中，影片開始兇手威脅查理士‧布朗遜一幕，由電話、熄燈、窗帘上的陰影、女主角面部恐懼的表情，到最後兇手在廚房出現，可以說用盡了所有的「俗套」，使觀眾心理上早有準備，與希區考克的緊張繼之以驚奇的手法，實在不可同日而語。希區考克和泰倫斯‧揚，是謀殺片中有構思與無構思的最佳例子。

比希區考克更進一步的構思，是以哲學為主，但寓哲理於異象。英格瑪‧伯格曼的作品，雖以哲理為主，但也製造出許多驚人的意象，如《第七封印》中武士與死神下棋及最後向死亡之途跳舞，《穿過幽暗的鏡子》（*Through a Glass Darkly*）（香港有人譯作《對鏡情迷》，我覺得不妥）的女主角臆想上帝以蜘蛛形象顯現等場面，可謂是伯格曼的獨特標記。

安東尼奧尼的構思，意象更重於哲理，自《紅沙漠》一片後，尤重彩色，甚至不惜在背景上添加彩色。《春光乍現》中的草地，綠色極深，都是經過人工添加的。由彩色和意象中，安東尼奧尼探索許多哲理和藝術上的問題，譬如《春光乍現》就是探討藝術與「實在」的問題──是客觀的現實，還是主觀的認知更實在？片中的一場謀殺是真是假？使這位以捕捉現實為職業的攝影家大惑不解，而片尾的網球賽，則代表一種答案：真假的「實在」，全在於個人的主觀。所以安東尼奧尼早已超越戰後義大利「新寫實主義」的範疇而步向「超現實主義」。

這一種「超現實主義」，也可以說是費里尼的特色，他從《大路》到《愛情神話》的演變過程，正是由「寫實主義」到「超現實主義」的過程。《愛情神話》一片，可以說全出於費里

尼個人的幻想，借古喻今，借過去喻將來，好一個意象的構思！我們甚至可以認為：自《八又二分之一》之後，費里尼的作品已經完全脫離世俗上所謂的「現實」世界，他的意象構思，已經在銀幕上創造出一個「費里尼的世界」，這一個現實的幻想世界，就是費里尼的藝術哲學。

如果我們可以把費里尼的電影稱之為費里尼的世界，那麼楚浮的作品也勢必要稱之為楚浮的世界。楚浮的世界和費里尼的不同，他的構思不是幻想的，而是由現實出發。然而楚浮的「現實」世界與一般世俗的現實又不同，楚浮世界中的每一個人物的造型，看似平凡，其實都很不凡，《蛇蠍夜合花》是一個典型的例子。楚浮的看法與別人不同，別人認為二男愛一女，必定爭風吃醋，但是楚浮卻讓二男一女精誠相愛下去（《夏日之戀》）；別人認為有婦之夫有外遇，情婦一定比太太更熱情、更性感，但楚浮在《柔膚》一片中，卻描寫一位中年教授放棄熱情的太太而去追求冷艷但對性無多大興趣的情婦。諸如此類的例子，實在舉不勝舉。除此之外，楚浮的電影，似有一股濃厚的感情「基調」，這一種「基調」，是他的特色，也是他與眾不同之處，也許我們可以稱楚浮的手法是一種「感情的構思」。

以上所舉的例子皆是筆者較為心慕的幾位名導演，每一個人都有其不同的「構思」，因此我們研究他們的作品，也多少可以引用一點「作家論」的規律。

與上述各「作家」導演大異其趣的大衛‧連，這位享譽世界的大導演，可謂是西方電影界的「太上皇」，近十五年來只拍了四部電影──《桂河大橋》、《阿拉伯的勞倫斯》、《齊瓦哥醫生》

大衛‧連導演的《雷恩的女兒》

和《雷恩的女兒》，幾乎是部部得獎、部部賣座。然後，看完大衛‧連的電影，除了擊節讚嘆他在技術上的成就以外，我總覺得少了一種東西，不能夠仔細咀嚼回味。很少人會把大衛‧連的作品冠以「大衛‧連的世界」之名，因為他的「構思」是純技術性的，也是相當保守和傳統的。他缺乏一種哲理或故事上的獨創性，完全要依賴編劇家提供主要意念，他早期「依賴」狄更斯的作品，也是出於同一個原因。大衛‧連對於構「思」的看法，可以從下列他的幾句談話看出來：「我喜歡一個好故事，我喜歡一個有開端、中段和結尾的故事……我喜歡一個戲劇性的結構。」所謂「好故事」和「戲劇性的結構」都是非常傳統性的觀念。

然而大衛‧連仍不失為一位「巨匠」，筆者認為大衛‧連的特色是：他雖然在「構思」上缺乏獨創性，卻非常注意角色的「造型」，所以往往使觀眾對於主角的演技，留下深刻的印象。《桂河大橋》中亞歷‧堅尼斯所扮演的英國軍官，為了軍人的榮譽感而認真地為日軍建造一座大橋，就是一個非常突出的角色。《阿拉伯的勞倫斯》中的勞倫斯，充滿了外表的狂妄和內心的罪疚，甚至有同性戀的趨勢，也是一個很有深度的英雄造型。然而，僅是角色大造型並不能代表影片的成功，《阿拉伯的勞倫斯》之後，大衛‧連對於男性英雄感到厭倦，轉而在女主角的造型上

賈利‧古柏主演的《日正當中》

下工夫，但效果已經較前稍遜。看過《齊瓦哥醫生》原著的人，會感到娜拉的偉大，原著可說是一首史詩，但大衛‧連卻拍出一長篇「散文」，原著的詩意全失。《雷恩的女兒》本是一個頗為精緻的愛情故事，但是雷恩的女兒並不是一位娜拉型的偉大婦女，而且，她的愛情與愛爾蘭革命的關係，並沒有娜拉與俄國大革命來得深切，但大衛仍以大手筆出之，使小故事變成了大故事，因此，內容的空虛就更顯著了。而且，在《雷恩的女兒》中，白痴這個角色造型並不完全成功，他是這個愛情故事的旁觀者，但除此之外，這個角色並沒有什麼戲劇上的效用，如果約瑟‧洛西或維斯康堤導演此片的話，可能會以白痴為中心，以白痴的眼光來看這段愛情故事。當然，這種手法太近似福克納的小說《聲音與憤怒》，像大衛‧連這種保守派導演，是不會如此大膽嘗試的。

除了上述大衛‧連的幾部作品外，西片中以造型取勝的例子也很多，比較熟知的有《日正當中》（賈利‧古柏所飾演的一位「非英雄」式的警長）、《狼城脂粉俠》（*Cat Ballou*，李馬文和他

的醉馬)、《希臘左巴》(*Zorbra the Greek*，安東尼‧昆所飾的左柏拉——充滿了生命力的希臘老頭子，此片成功之後，大家群起效尤，紛紛請安東尼‧昆拍同一類型的影片，因此安東尼‧昆就定了型)、《月黑風高殺人夜》(*In the Heat of the Night*，洛斯德加那位口嚼口香糖的南部警長)、《午夜牛郎》(達斯汀‧霍夫曼的跛足浪子)和《喬琪姑娘》(*Georgy Girl*，琳恩‧蕾格烈芙所飾演的好心腸的胖女孩)等。

一部影片的深度，往往在於構思的創獨性。角色的造型也甚重要，這是一部片子成敗的關鍵。反觀最近的國產片，在構思上標新立異的絕無僅有，筆者僅能見到唐書璇《董夫人》一片(一般傳統貞節坊的故事，往往描寫女主角如何節烈，因此是表面的。唐書璇卻從內心著手，剖析一個典型貞節婦人的情慾生活，遂與表面故事大不一樣)。國產片中比較有小聰明的導演，所賣弄的——而且甚至最近對簿公堂的——也不過是角色的造型而已，譬如張徹的《獨臂刀》裡一個斷右臂、持半截刀的英雄，就是非常突出的，但是這個角色的造型是否獨創，看過日本片《武林雙雄》或西片《黑岩喋血記》(斯賓塞‧屈賽在此片

安東尼‧昆主演的《希臘左巴》

中也是斷右臂，以左手功夫制人）的影迷，就不免會莞爾一笑了。

當然，斷臂又斷刀，仍然不失為「絕招」，然而，一個斷臂的人，在心理上與一個正常的人有何不同？心理上對武功會發生什麼影響？關於這一點，我們的幾位「百萬」大導演，恐怕要瞠目以對了。所以，當《獨臂刀》大戰《盲俠》的時候，反而使觀眾覺得盲俠有人性，而獨臂刀除了憤怒、殺人之外，實在沒有其他「人生意義」可言。如果要抄襲日本，何不再讀一遍三島由紀夫的《金閣寺》？（筆者完全反對這位作家的政治意識，但是他作品中人物的心理深度，是值得借鑒的。）

再看其他的國產武俠片，在構思和造型上更是一無可取，而且是一味抄襲：有了盲俠，於是就有盲女；有了《龍門客棧》的太監，於是就再創一個鬼太監。除了在「招數」和暴力上爭奇鬥勝之外，其故事之俗套，實在令人作嘔。人物雖是古裝，但毫不注重歷史背景，恐怕除了胡金銓啃過《明史》之外，其他的武俠片導演，從來就沒有在歷史上下過工夫。

看完了《龍虎鬥》，我們被人潮擠到戲院的門口，剛好看到一個不到十歲的小孩子拉著他父親的手走出戲院，我的這位研究近代思想史的朋友，不禁隨口而出地引了魯迅在《狂人日記》中的一句話：「救救孩子……」

《浪漫之餘》一九七〇

楚浮和《蛇蠍夜合花》

　　楚浮的名作《蛇蠍夜合花》最近在香港上演，影評界的反應是一片失望之聲。中文報刊的評論不外是「男女主角不稱職」、情節不合理、故事漏洞百出、「編導東一筆西一畫，不能予人一氣呵成之感」等等；西文報紙的影評水準似乎更差，英文《南華早報》的某影評「專家」更逞其嬉笑怒罵的能事，說楚浮在楊波貝蒙的影迷面前犯了滔天的「欺騙」大罪，因為一向身手矯健的楊波貝蒙，在此片中卻笨拙不堪，而且整個故事只有「兩場小小而默默的謀殺，其中一場卻在片子未開始之前。」

　　拜讀了這些中西影評名家的大作之後，筆者不禁想起楚浮早在一九六二年就說過的一句話：「許多影評人對於一部新的作品，幾乎一致是氣憤不安的，他們在最不重要的因素中去找尋他們的論點和意見。」香港大多數的影評家把這部影片作為謀殺片來看，所以當他們所期望的驚險和刺激得不到滿足的時候，就不免感到失望了，由失望而怨憤，由怨憤而怒罵。然而，罵得也應該有道理，如果沒有道理，又談何「影評」？

導演有好壞、電影無好壞

　　研究楚浮的《蛇蠍夜合花》，我們勢必要引用楚浮自己做影評人時代的手法，也就是他和幾個朋友首創出來的「作者論」（Politique des Auteurs）。電影是導演的藝術，看一部電影，主要的是為了窺測導演的個性和人生觀。楚浮拍過好電影，也拍過壞電影，但是他自己不承認有所謂「好」或「壞」的電影，而只有好或壞的導演，這就是「作家論」的金科玉律。筆者個人雖不完全同意他的看法，但卻認為楚浮是當代西方少有的好導演之一，因此願意下點工夫研究這樣一個好導演的作品，甚至於這樣一個「好」導演的「壞」作品。

　　如果用一般世俗的眼光來看《蛇蠍夜合花》，有許多問題是講不通的（所謂「艱澀難懂」「不合情理」?!）。譬如這個故事的女主角，從表面上看，她是屬於「蛇蠍美人」的類型，應該心狠手辣，加以歷盡風塵，更應該老奸巨猾，但是凱薩琳・丹妮芙在楚浮指導之下，所給人的印象卻適得其反，做了壞事時卻頗有點柔情萬縷。再以男主角為例，楊波貝蒙所扮演的這個角色──一個非洲法屬「團圓島」的菸草園主，本是一個生活和思想都很簡單的人物，但是他既不「痴」又不「愚」，為了女人傾家蕩產，卻毫不反悔。別人（包括我們的權威影評家）可能認為他「身敗名裂」，但是他自己卻並不以為然，因為他自己曾說過：只有像我這樣的人才會幹出這樣的事。假新娘雖然騙了他，但是也使他的一生發生驟變，變得複雜起來。這也許是命定的（影片上半段

有許多烏雲滿布的鏡頭），於是他也「認命」，甚至不惜殺死偵探，與自己愛上的假新娘共同落難。這一個角色造型，既不是富家子弟為美色所惑，以致身敗名裂，也不是受騙英雄復仇，痛殺作惡的兇手。楚浮世界中的善惡觀念只能由當事者本身判斷，而不能用外在「情理」來批評，這也是法國幾位「新浪潮」導演對電影和社會倫理傳統反叛的結果。

反習俗之道而行的風格

除了男女主角的造型和人生觀令某些人「費解」之外，該片的故事情節，也是「反其道而行」的。一般謀殺片之所謂「一氣呵成」是先製造懸疑，然後追蹤，最後是生死大決鬥的「高潮」

凱薩琳・丹妮芙主演的《反撥》

〔最典型的例子是泰倫斯・揚（Terence Young）的《殺手群英會》〕。然而楚浮於製造懸疑，引起追蹤之後，卻沒有高潮，男女主角反而「軟綿綿」地談起愛情來了，這種一反常規的手法，遂引起在香港英文電台評電影的那位

英國婆子 Daphne Holland 的不安和憤怒。然而，如果我們換一個角度來看，男女主角由徵婚詐騙而相識相愛，男主角的追蹤，不是為了謀殺，而是為了愛情，所以他在她的旅館房間中以手槍威脅，是為了試探對方——也試探自己——的愛情，並沒有太大的殺機〔所以楚浮也乘機賣弄了一招《斷了氣》(*Breathless*) 一片的鏡頭，向他當年的老友高達 (Jean-Luc Godard) 致敬〕。當兩人發現真正相愛之後，復仇或決鬥的問題根本與主題不相干，於是何必要製造「高潮」？楚浮這一個反傳統的手法不但與原著不同（男主角中毒身死，女主角天良發現，但挽救不及，這一個結局至少也有一點香港某影評家所謂的「戲劇性」），而且也與世俗觀點迥異。於是，我們的權威影評人士生氣了！但是，如果能夠平心靜氣的思索一番，我們會發現片尾的「大團圓」結局與片首「團圓島」的歷史是前後呼應的，而且內中大有文章，值得小心探索。楚浮的作品令人回味無窮的道理也在於此。也許初初看完之後，你是失望的，但失望之餘，又不得不自發深省，因為楚浮處處在向我們習以為常的觀念挑戰，如果你接受這種挑戰，就勢必要繼續思索，再進一步去追尋楚浮的世界。信口胡言、亂說大話（譬如「不合東方人口味」——影評人自己就能代表東方人嗎？）是沒有用的，而嬉笑怒罵、插科打諢（譬如英文《南華早報》的那位仁兄），卻反而露出影評人自己不學無術的「醜」樣。

《蛇蠍夜合花》的主題，不是謀殺，而是愛情。人性和人生是楚浮世界的核心，然而楚浮的「人生」與一般人是不太相同的，他剖析人生的角度，往往也不落俗套。《蛇蠍夜合花》是一

個剖析人性的愛情片，只不過在前半段套上了一件「謀殺片」的外衣而已。楚浮非常喜歡美國的二流偵探小說家，如 Ray Bradbury 和 William Irish，楚浮從這些小說的罪惡世界中去提煉出人性的菁華，正好像杜思妥也夫斯基生前嗜讀報紙刊載的謀殺案並以其為藍本而寫出《罪與罰》和《魔鬼》等琢磨人性的巨著一樣。

仔細咀嚼才得真滋味

《蛇蠍夜合花》中的人性和愛情觀，是以「反常理」為出發點的。男女主角的相識，不是出於正常情況下自然的邂逅，而是徵婚詐騙的結果，雖然明知欺詐，男主角仍然自願陷入情網，這是一種頗為微妙的浪漫主義。世俗眼光中的浪漫理想往往認為男女的愛情應該產生在花前月下，先愛而後婚。但現實往往不是如此，於是有徵婚的現象，就世俗的觀點來看，這是一種非常「反浪漫」的現實方法。但是楚浮的解釋卻適得其反：花前月下的愛情是不合實際的，但現實中人又往往有許多幻想，於是在報紙上徵婚，也就是主動地製造（甚至捏造）一個愛情的幻想，男女雙方未謀面前的通信互相欺騙，為的也是互相珍視這一個幻想。這一種行為，往往是自願的，《蛇蠍夜合花》中楊波貝蒙在陽台上的一番話，就提出了這個自願的看法，因為他主動徵婚，所以也自願為愛情走上毀滅之路（劇終時男女主角雖然「大團圓」，但是消失在茫茫雪景之中，意味著命運多舛）。這是一種「悲劇」的人生觀，但楚浮的浪漫之處，在於他從這一個人生是悲劇的大前提中，肯定人性，讚頌愛情，在人生百態之中找出各式各樣的

「內心」意義。所以《蛇蠍夜合花》中男主角雖然傾家蕩產,但這些都是身外之物,在內心裡,他的愛情卻愈來愈濃,人生的意義卻愈來愈大。這一個內心的過程,恰與外在的環境成反比:片子開始時是熱帶風光,但背景卻愈來愈「冷」,終至大雪紛飛;男主角開始住的是莊園大廈,最後卻淪落在法瑞邊境上孤零零的一個小屋子裡。雖然外在的環境由熱轉冷,由「大」變「小」,由豪華變淒涼,但是男主角內心的生活卻由冷變熱、由淡變濃、由單純變複雜,他的人生最充實、他的愛情最強烈的時候,也是他最落魄的時候──一個人在大雪籠罩下的小屋子裡奄奄一息。楚浮在此片的構思上前後呼應(開場時引自雷諾亞舊作片段的戲中戲:大陸來的法國大革命的軍隊解放了一個非洲小島,與島上人士團圓;片子結束時,這個小島上的一個法國人重返大陸,與一個法國本土出生的女子產生愛情,在歐洲大陸上「團圓」),手法上內外(角色的內心與片子的外景)相映相對,這一種整體性,絕非是專門以製造謀殺氣氛賺錢的導演如泰倫斯‧揚之流所可望其項背的。《蛇蠍夜合花》和《殺手群英會》在香港同時放映,後者的賣座率超過前者,但就電影藝術的觀點來看,我認為泰倫斯‧揚最佳的電影也比不上楚浮最差的電影。

賣弄典故行家會心而笑

梁濃剛先生說楚浮「愛人生,又如同他熱愛電影一樣」,也是一針見血的看法。楚浮對於電影的熱愛,表現於他「引經據典」的作風,在自己的作品中故意向觀眾提示其他導演的作品。譬如

雷諾亞導演（右三）在《遊戲規則》片場

在《蛇蠍夜合花》開始時的「電影中的電影」，就是引用雷諾亞的名作《馬賽曲》，片中男女主角在里昂看了一部《琴俠恩仇記》（*Johnny Guitar*，瓊・克勞馥主演，共和公司一九五四年出品，是楚浮心慕的另一位美國導演——尼古拉斯・雷的作品），對話中提到「紳士愛美人」，則可能是影射霍華德・霍克斯的一部喜劇片。除了上述諸導演外，楚浮最崇拜希區考克，曾經訪問過這位「懸疑大師」而寫成一部巨著，至今可能仍然是研究希區考克最好的著作。在《蛇蠍夜合花》中，不但莊園的鳥聲使人憶起希區考克一九六三年的作品《群鳥》，而且凱薩琳・丹妮芙的造型，也很像希區考克作品中的女主角——金髮、神祕、有心理病，譬如《迷魂記》之中的金・露華、《豔賊》（*Marnie*）中的 Tippi Hedren、《北西北》中的伊娃・瑪麗・仙。

這一種「引經據典」的手法，是法國幾位「新浪潮派」導演共同的特徵，楚浮的「引用」手法尚比較間接，而高達則直接請他心愛的導演現身說法（如《春情金絲貓》中的弗利茲・朗和《週末》中的山姆・富勒）。因為這幾位「新浪潮派」導演未拍電影之前，都是 *Cahier du Chinema* 雜誌的影評家，常常在巴黎的「電影博物館」消磨時間（楚浮的《偷吻》一片就是獻給此館），看遍所有歐陸經典名作和美國大公司的出品。所以這些人都嗜愛

美國電影，把幾位美國導演——除了上面引述的人物之外，尚有約翰・福特、奧森・威爾斯和《敢死突擊隊》的羅勃・阿德力奇等——捧上了天。知道「行情」的人，當然會對這些「典故」會心一笑，不懂或不同意這種作風的人，自然就會氣憤不安了。

除了向「行家」賣弄「典故」之外，楚浮「引經據典」的手法也反映出他所揭櫫的「作者論」的另一面。他不但熱愛電影，而且更愛導演；不但關心導演的作品，而且更關心導演拍片時的心情。他有一次「自供」道：「現在我自己在拍電影了，一部影片的品質對我已不再發生興趣。現在當我看一部電影的時候，我所要注意的是拍這部片子的導演的心情是激烈、沉靜、快樂或氣憤，我這麼一景一景地看……甚至可以感到某一個導演在導某一場戲時，是否和他的演員合得來，或是對自己拍的東西滿不滿意。」筆者沒有楚浮的這個本領，也不敢對楚浮拍《蛇蠍夜合花》時的心情妄加猜測。然而，如果從他所有作品的整體來看楚浮這個「人」的話，也許可以籠統地認為他是一個不露聲色而擇善固執的電影工作者——「不露聲色」，是由於他的手法細膩、樸實，而毫無故作驚人之狀；而「擇善固執」，是因為他太專心於自己的電影「世界」，不顧票房，不顧他人的反應，更顧不到幾千里外某小島上幾位「權威」影評家對他的「鬥爭」。

《南北極》一九七一

附錄

我心愛的十大歐洲和日本經典片

1. 《夏日之戀》（*Jules et Jim*）
2. 《偷吻》或《槍殺鋼琴師》（*Bassé Volé*）（*Tirez le Pianiste*）
3. 《東京物語》（*Tokyo Story*）或《早春》
4. 《浩氣蓋山河》（*The Leopard*）
5. 《廣島之戀》（*Hiroshima Mon Amour*）
6. 《情事》（*L'Aventurra*）
7. 《甜蜜的生活》（*La Dolce Vita*）
8. 《單車失竊記》（*Bicycle Thief*）
9. 《狂沙十萬里》（*Once Upon a Time in the West*）（此片幾可作美國片看待，但它畢竟是義大利導演的傑

《單車失竊記》

作，與好萊塢的西部片不同）

最後一名還是難產，也許該選一部英格瑪‧伯格曼的《野草莓》或《處女之泉》？或者爲了公平起見，應該選一部高達的《斷了氣》？算了，或乾脆再加上一部楚浮吧！《兩個英國女孩與歐陸》。

我心愛的十大好萊塢經典名片 {注}

1. 《北非諜影》(*Casablanca*)
2. 《亂世佳人》(*Gone with the Wind*)
3. 《迷魂記》(*Vertigo*)
4. 《北西北》(*North by Northwest*)
5. 《搜索者》(*The Searchers*) 或《俠骨柔情》(*My Darling Clementine*)
6. 《羅馬假期》(*Roman Holiday*)
7. 《花都舞影》(*An American in Paris*) 或《萬花嬉春》(*Singing in the Rain*)
8. 《齊瓦哥醫生》(*Dr. Zhivago*)
9. 《美人如玉劍如虹》(*Scaramouche*)
10. 《學生王子》(*The Student Prince*)

{注}
這個名單中的影片大多是從記憶中看過數遍而最近又重看的老電影中選出來的，與影片家公認的經典不盡相同。當然，每個人的觀影經驗也迥異，所以每個影迷都有自己心愛的名片名單。

我心目中的經典名片得自於個人的回憶和主觀印象，當然和影評人公認的名單不同，如果我要從客觀的立場提出美國電影有史以來的十大名片，大致應該如下（以出品時間爲序）：

1. 《國家的誕生》（*The Birth of a Nation*）
2. 《摩登時代》（*Modern Times*）
3. 《大國民》（*Citizen Kane*）
4. 《亂世佳人》（*Gone with the Wind*）
5. 《北非諜影》（*Casablanca*）
6. 《搜索者》（*The Searchers*）
7. 《驚魂記》（*Psycho*）
8. 《教父》（*The Godfather*）
9. 《現代啓示錄》（*Apocalypse Now*）

柯波拉導演的《教父》

最後一部則比較難產，因爲到了二十世紀七、八○年代以後，好萊塢的八大公司開始衰落，內部經濟結構改變了，製作經費來自各種財源，大公司僅做發行。眞正在商業和藝術上皆甚成功的只剩下兩位導演：馬丁‧史柯西斯（Martin Scorsese）和史蒂芬‧史匹柏（Steven Spielberg）。所以這個名單中的最後一個席位應該留給他們，可以下列各片中選一部：

A. *Mean Streets*（《暗巷風雲》）或 *Taxi Driver*（《計程車司機》），史柯西斯導演。

B. *Jaws*（《大白鯊》）或《辛德勒的名單》（*Schindler's List*），史匹柏導演。

但也仁者見仁，莫衷一是。而前面九部影片，則應是影評家所公認的經典。與我心目中的名單相較，只有三部雷同。這一點都不奇怪，因爲我的觀影經歷，自幼開始就是從類型片出發，而不把電影孤立爲個別的藝術「文本」來看待。其實，上面列的經典名片，我也看過

史柯西斯導演的《暗巷風雲》

多次，甚至在課堂上用做教材，但總覺得它們高高在上，非我的主觀情緒所能寄託。當然，《北非諜影》和《搜索者》兩項兼備，從公私立場皆值得推崇。

如果我要寫一本較客觀的電影經典書，我肯定會大談奧森·威爾斯的《大國民》和柯波拉（Francis Ford Capolla）的《教父》和《現代啟示錄》。

威爾斯是一個奇才，《大國民》也是

史柯西斯導演的《計程車司機》

一部獨一無二的「先進」作品——所謂「先進」的意義，就是無論在內容和形式上都遠遠超過它出品的時代（二十世紀三〇年代）。而且故事真有所指，描寫的就是報界大王赫斯特（Randolph Hearst）。這部影片也是影痴或影迷們所摯愛的作品，大家津津樂道的是片尾主人翁死前的最後一句話：「Rosebud」（玫瑰蕊），它到底指的是什麼？（答案：是他幼時所坐雪車的雪橇上刻的字。）但我最注意的反而是歌劇院中主人公情婦所唱的咏嘆調——作曲家是誰？歌劇名稱是什麼？影痴們也不妨查查資料猜測一番。

該片的另一個特色是敘述形式，整個故事是從敘述者（約瑟夫·考登所飾演的新聞記者）的角度講出來的，因此把主人公的一生烘托得有如神話，也給導演兼主角奧森·威爾斯更多的機會展露才華，使用了不少新聞紀錄片的手法。而片中的赫斯特所住的古堡（至今依然是旅遊景點，我曾去朝拜過）更是光采交錯，

神祕不可測。

此片我是在二十世紀六○年代才第一次看到的，是後知後覺，不能算數。

柯波拉的兩部經典也應該大書特書，但寫起來至少要上數萬字。討論的人太多了，目前還沒有我的份。

老婆最鍾意的老電影

二○○三年「非典型肺炎」肆虐香港，也改變了我們的日常生活：困在家中的時候多了，出門社交應酬的次數少了，公共場所最好不去，以免感染，因此電影院和音樂廳也絕少駐足。然而我是一個嗜電影和音樂如命的人，怎麼辦？只好在家猛聽唱片、猛看影碟。然而前者可以是一種「孤芳自賞」的行為—可以獨個兒洗耳恭聽，但後者卻是一個「公共」的娛樂，到影院看和一個人在家看的感覺完全不同，影碟雖普遍，我還是喜歡和大家一起看。雖然我家只有兩個人，晚飯後想看影碟，還是要拉老婆共賞。然而我妻和我的品味不同，我百無禁忌，亂看一通，特嗜港產武打片，而我妻反對暴力，只喜歡兩種影片—文藝和兒童片，看時聚精會神，看完眼淚汪汪。下面是我妻李子玉最喜歡看的五部電影：

（一）《天堂的兒女》：這部伊朗電影，真是老少咸宜，我們買的影碟是 DVD 版，有粵語拷貝，由商業電台全班人馬幕後配音支持，我妻已經看過數次，每次重看，都哭成個淚人兒。

（二）《有你真好》：這是一部我們最近才發現的韓國片，講

一個城市的小男孩被母親送到山區老家，暫時由又老又啞的外婆照顧，婆孫倆相處久了親情難捨。最後男孩要離開的時候，一邊哭一邊畫一封信給外婆，我妻的眼睛到此時早已淚水汪汪。

（三）《禁忌的遊戲》（*Forbidden Games*）：這的確是一部法國電影史上的經典之作。我老婆觀後讚揚不止，最令她感動的是片中那個小女孩，父母在轟炸中雙亡，她還不完全了解死亡的意義，終日和收留她的農村人家的男孩做偷十字架葬小動物的遊戲，最後被強迫回到孤兒院，劇情感人，連我這個看過數千部電影的「鐵漢」也禁不住落淚，何況吾妻！影片的配音是一首吉他奏出的小曲，如今早已成為學吉他者必彈的世界名曲。

（四）《單車失竊記》（*Bicycle Thief*）：這也是一部經典之作，劇情簡單，但吾妻看得聚精會神。到了父親偷單車被捕的一場戲，我看她的表情比片中那個小孩子還痛苦。狄西嘉先生，我要再一次向你致敬。

（五）《戰爭與和平》（*War and Peace*）：這部好萊塢的電影，片長足足二〇八分鐘，然而我妻一路看到底，沒有打一個呵欠。我問她為什麼有如此耐久的注意力，她回答說：「因為我喜歡奧黛麗·赫本，她天真可愛、美麗迷人！」我又問她為什麼那麼受感動？不料她一面拭眼淚一面說：「我就唔記得嘅！」我猜還是和托爾斯泰的不朽名著有關吧，這當然是我一廂情願的想法。

除此之外，當然還有不少港產片，譬如《胭脂扣》、《縱橫四海》、《流氓大亨》、《女人四十》等。而且她竟然和我一樣，也喜歡看《英雄本色》第三集。

文學叢書　166

INK PUBLISHING　自己的空間：我的觀影自傳

作　　者	李歐梵
總 編 輯	初安民
責任編輯	施淑清
美術主編	高汶儀
美術編輯	張薰芳
部分圖片提供	符立中
校　　對	余淑宜　施淑清　李歐梵

發 行 人	張書銘
出　　版	INK 印刻出版有限公司
	台北縣中和市中正路 800 號 13 樓之 3
	電話：02-22281626
	傳真：02-22281598
	e-mail：ink.book@msa.hinet.net
網　　址	舒讀網 http://www.sudu.cc

法律顧問	漢廷法律事務所
	劉大正律師
總 代 理	展智文化事業股份有限公司
	電話：02-22533362 · 22535856
	傳真：02-22518350
郵政劃撥	19000691 成陽出版股份有限公司
印　　刷	海王印刷事業股份有限公司

出版日期	2007 年 9 月　初版
ISBN	978-986-6873-28-7

定價　240 元

Copyright © 2007 by Leo Ou-fan Lee
Published by INK Publishing Co., Ltd.
All Rights Reserved
Printed in Taiwan

國家圖書館出版品預行編目資料

自己的空間：我的觀影自傳／
　　李歐梵著；－－初版.
　　－－臺北縣中和市：INK 印刻，
　2007〔民 96〕面；　公分（文學叢書；166）
　　ISBN 978-986-6873-28-7（平裝）
　　1.電影片－評論
　987.83　　　　　　　　　96010263